Tineke Beishuizen
Mord in aller Freundschaft

Zu diesem Buch

Es gibt sie einfach, diese besonderen Momente, bei denen Männer nichts zu suchen haben und die man ausschließlich mit guten Freundinnen verbringen möchte: die ausgedehnte Shoppingtour zum Beispiel oder das gemütliche Schwätzchen bei einem Glas Weißwein. Das säuberliche Entsorgen einer Leiche gehört definitiv nicht dazu. Tess, Vera, Minka, Carolien und Noor – sie haben sich ewige Freundschaft geschworen und wären zu fünft durch dick und dünn gegangen, wäre da nicht Fred gewesen, der Carolien mit Noor betrogen hat. Die Folge: Ein toter Mann in der Küche, den es eiligst loszuwerden gilt, bevor am Morgen die Putzfrau kommt. Nur hätte keine der Freundinnen gedacht, dass dies erst der Vorhof der Hölle ist … Mit einer großen Portion Selbstironie erzählt Tineke Beishuizen eine mörderische Geschichte, die vielleicht viel alltäglicher ist, als es scheint. Denn wer kennt schon das wahre Gesicht seiner besten Freundin!

Tineke Beishuizen ist Redakteurin und Kolumnistin bei »Libelle«, der populärsten Frauenzeitschrift der Niederlande. Seit 2005 schreibt sie außerdem Romane, die, geprägt durch ihren schlagfertigen Humor, zu Bestsellern wurden. Tineke Beishuizen hat zwei erwachsene Söhne, ein Häuschen in Frankreich und lebt in der niederländischen Hansestadt Doesburg.

Tineke Beishuizen

Mord in aller Freundschaft

Kriminalroman

Aus dem Niederländischen
von Kristina Kreuzer

Piper München Zürich

Mehr über unsere Autoren und Bücher:
www.piper.de

FSC
Mix
Produktgruppe aus vorbildlich bewirtschafteten Wäldern und anderen kontrollierten Herkünften
www.fsc.org Zert.-Nr. GFA-COC-001223
© 1996 Forest Stewardship Council

Ungekürzte Taschenbuchausgabe
Oktober 2009

Titel der niederländischen Originalausgabe:
»Wat doen we met Fred?«

Umschlaggestaltung: semper smile, München
Umschlagabbildung: Andrew Miksys / Getty Images / Photonica
Autorenfoto: Jeroen van der Spek
Satz: Satz für Satz. Barbara Reischmann, Leutkirch
Papier: Munken Print von Arctic Paper Munkedals AB, Schweden
Druck und Bindung: CPI – Clausen & Bosse, Leck
Printed in Germany ISBN 978-3-492-25495-3

Es gibt nichts, was nicht etwas anderes berührt.
Jeroen Brouwers, *Versunkenes Rot*

1

»Weißt du noch, wie alt ich bin?«

Vera drückte mich gegen die Wand der monumentalen Eingangshalle. Ich hatte kaum den Fuß über die Schwelle gesetzt.

Sie verströmte einen überwältigenden Weingeruch, ihre Augen sahen etwas trübe aus, ihr Gesicht war gerötet.

»Meine Güte, Veer, woher soll ich das denn jetzt wissen?«

Ich wandte mich leicht von ihr ab. Ich bin kein großer Freund von Alkoholatem direkt im Gesicht. Aber sie ließ nicht locker.

»Natürlich weißt du das, ich hab's dir doch erzählt.«

»Dann musst du es doch auch wissen.«

»Herrgott noch mal, Tess. Du weißt doch, was für ein schlechtes Gedächtnis ich habe, denk doch einfach mal kurz darüber nach. Nachher stoßen sie auf meinen Geburtstag an, und dann wirst du sehen, dass Carolien wieder mit meinem Alter anfängt. Darauf hackt sie doch immer herum. Und *sie* weiß es noch, da kannst du Gift drauf nehmen ...!«

»Dann sag doch einfach die Wahrheit. Damit ist das Thema dann wenigstens vom Tisch.«

Ihr stand die Verzweiflung ins Gesicht geschrieben. Meine alte Schulfreundin. Wohnte allein in einer Riesenvilla in Wassenaar und fing fast an zu heulen, weil sie nicht mehr wusste, was sie über ihr Alter gelogen hatte. Wir waren übrigens gleich alt, achtunddreißig, um genau zu sein.

»Sechsunddreißig, könnte das hinkommen?«

»Das hilft mir jetzt auch nicht weiter. Ich muss es schon genau wissen.«

Aus dem Wintergarten ertönten Stimmen und Lachen, und aus der geöffneten Zimmertür heraus strömte Rauch, der durch die offene Haustür hindurch nach draußen wehte.

»Vera, kommst du irgendwann mal wieder rein? Wir haben was für dich.«

Ich erkannte die Stimme von Carolien.

»Verdammt«, zischte Vera hitzig. »Was soll ich denn jetzt machen?«

»Haben sie schon viel getrunken?«

»Was hat das denn damit zu tun? Ich denke, ja, sie sind schon seit einer Stunde hier. Warum kommst du überhaupt so spät?«

»Wenn sie so viel getrunken haben wie du, erinnert sich nachher sowieso niemand an das, was du jetzt sagst. Mach doch zur Sicherheit achtunddreißig draus.«

»Dann bin ich fast vierzig ...?« Das Grauen in ihrer Stimme war auf jeden Fall ehrlich.

»Aber das bist du doch auch. Und darf ich jetzt bitte endlich reinkommen?«

»Das bin ich nicht.« Vera konnte schmollen wie ein Schulmädchen.

Sie trottete hinter mir her, den Marmorflur entlang.

Die Garderobe quoll über vor lauter Jacken. Alle von Vera. Die Regenjacken ihrer Gäste lagen auf der Treppe. Der Rucksack von Minka war umgefallen, ich stieg darüber hinweg, aber Vera trat mitten drauf. Es knirschte, als wäre eine Eierschachtel darin versteckt.

»Mist!«

»Nimm doch wenigstens den Fuß wieder hoch!«

»Und was mache ich jetzt?« Wieder dieser verschreckte Kinderblick.

»Nichts. Woher soll sie wissen, dass du draufgetreten bist?«

»Mit meinem Alter meine ich!«

Ich gab keine Antwort und trat vor ihr ins Zimmer.

Dem Lärm nach zu urteilen, hatten sie schon ziemlich viel von Veras Chablis getrunken. Minka, Carolien und Noor – drei Frauen mit genügend Zeit, um tagsüber auf Geburtstagsbesuch zu kommen. Was Minka anging, mit einem kleinen Handicap. Sie kam zwar, musste aber rechtzeitig wieder weg, um ihre Zwillinge von der Schule abzuholen. Ich habe sie ein paar Mal auf dem Rad gesehen, mit Kindersitz am Lenker und auf dem Gepäckträger. Ihr Gesicht war vor Anstrengung knallrot. Und später konnte man sie dann wie eine hysterische Glucke mit zwei identisch aussehenden Jungs auf ebenfalls identischen Fahrrädchen beobachten, die sie versuchte, von den Reifen rücksichtsloser Autofahrer fernzuhalten.

Ein Auto war für sie nicht drin. Als Juristin in einer Anwaltskanzlei hatte sie mehr als ihr Mann Roel verdient, der als Reiseveranstalter durch die Welt jettete, und das bedeutete ordentliche Gehaltseinbußen, als sie mit Arbeiten aufhörte. Doch etwas anderes kam für sie nicht infrage. Sie hatte so lange darauf warten müssen, Kinder zu bekommen, dass sie nicht einen Moment darüber nachgedacht hatte, sie in fremde Hände zu geben.

Wir hatten uns im Wartezimmer unseres gemeinsamen Gynäkologen angefreundet, während eines langen Weges, der für mich in einer Sackgasse endete.

Von dem Neid, der mich ergriffen hatte, wenn ich ihren wachsenden Bauch sah, war längst nichts mehr zu spüren, doch ich hatte noch immer Probleme damit, dass sie bekommen hatte, was ich mir so innig wünschte, und das machte unsere Beziehung etwas schwierig.

Ich gab ihr die obligatorischen drei Wangenküsschen und erkundigte mich, wie es den Jungs ging.

»Prima«, sagte sie und guckte dabei in eine andere Richtung.

Neben ihr saß Carolien. Sie arbeitete halbtags als Lehrerin an der vorbereitenden Berufsschule, wo sie in der Unterstufe Niederländisch unterrichtete. Sie betonte immer, es sei einfacher, einen Hamster durch einen brennenden Reifen springen zu lassen.

Sie hatte die Beine übereinandergeschlagen, der Rock war bis weit über die Knie hochgerutscht. Sie hatte unglaubliche Beine, und dessen war sie sich bewusst. Solange es nicht minus dreißig Grad war, würde man sie niemals in langen Hosen zu Gesicht bekommen.

In einer ihrer seltenen Anflüge von Offenheit hatte sie erzählt, dass Fred ein »Bein-Fetischist« war. Brüste interessierten ihn weniger, aber ein gutes Paar Beine konnten bei ihm auf der Stelle eine Erektion auslösen. Dieser Fred hatte es in sich! Eine logische Folgerung daher, dass Carolien das Beste, was sie hatte, in die Bresche warf.

»Du bist aber spät!«, sagte sie, als sie sich zu mir hinüberbeugte.

»Ich musste noch ein paar Mails wegschicken«, murmelte ich.

Ich stieg über ihre Beine hinweg und kam so zu Noor, in einem bescheidenen Dolce & Gabbana-Kleidchen und kaum geschminkt. Sie deutete an, ich solle doch neben ihr Platz nehmen, und obwohl ich mich lieber neben Vera gesetzt hätte, ließ ich mich brav auf den zugewiesenen Sessel fallen.

Noor ist die Erfolgreichste von uns allen, so viel ist klar. Sie ist mit einem reichen Mann verheiratet, den sie regelmäßig auf exotischen Geschäftsreisen begleitet. Dennoch ist er oft genug weg, um ihr genug Freiraum zu lassen, ihre Liebhaber zu empfangen.

Selbst wenn man sich nicht für Autos interessiert, muss man neidlos zugeben, dass ihr Jag Cabrio das Schönste ist, was auf vier Rädern umherfährt, und ihr Kleiderschrank steht dem in nichts nach.

Meine Anwesenheit machte das Klübchen komplett.

»Die Schriftstellerin« nennen sie mich manchmal, wenn sie mich ärgern wollen, und abhängig von meiner Laune schmeichelt es mir oder es frustriert mich.

In Wirklichkeit bin ich freie Mitarbeiterin einer Werbeagentur, die Flyer für Supermärkte und dergleichen erstellt.

Schon seit Jahren träume ich davon, ein Buch zu schreiben, das alle Verkaufsrekorde bricht. Dan Brown, aber gut geschrieben. Donna Tart, nur fesselnder. Ludlum, nur spannender. Nicci French, aber nicht so soft. Ich bin überzeugt davon, dass die meisten Bestsellerautoren zu Unrecht erfolgreich sind. Das kann ich besser, und eines Tages werde ich das auch beweisen. Bis es aber so weit ist, bringe ich mit Begeisterung und Gefühl Sonderangebote an den Mann. Zwei zum Preis von einem. Drei kaufen, zwei bezahlen. Komm, guck und spar.

Ich habe mir abgewöhnt, in meinen Texten mit Humor zu arbeiten, nachdem die Werbeagentur, für die ich vorher gearbeitet hatte, aus Versehen meinen albernen Slogan »Extraweiche Küchenrolle für die extrabreiten Ritzen« abgedruckt hatte. Das kostete sie einen Auftraggeber – und mich ebenfalls.

Es ist doch merkwürdig, dass du dein Leben mit immer den gleichen Gesprächen mit immer denselben Menschen füllen kannst. Doch wenn ab und zu der unerwünschte Gedanke in mir aufstieg, dass ich gerade dabei war, meine Zeit nach allen Regeln der Kunst zu vergeuden, stand sofort wieder ein volles Glas in greifbarer Nähe oder eine Schale mit Häppchen, die ich besser stehen lassen sollte.

Auf Veers Geburtstag boten sich auf dem niedrigen Plexiglastisch Schalen voller mit Frischkäse gefüllten Datteln und Nüssen an, es gab mit Knoblauchzehen gespickte Oliven und getrocknete Tomaten. Danach würde garantiert eine lauwarme Quiche hervorgezaubert, beste Qualität vom Traiteur.

Es hatte eine Zeit gegeben, da versuchten wir, uns gegenseitig mit komplizierten selbst gemachten Häppchen zu übertrumpfen, aber niemand hatte wirklich Spaß daran, und eine nach der anderen ging über zu teurem Schnickschnack, alles aus bester Hand.

Vera reichte mir ein Glas Weißwein.

»Wir haben auf dich gewartet«, sagte Carolien etwas zu betont.

Hinter ihrem Rücken zog Noor schnell ein Gesicht. Ich versuchte ein Lächeln zu unterdrücken, was mir nicht besonders gut gelang, denn ich konnte Carolien ansehen, dass sie es gemerkt hatte. Sie sah immer alles.

Sie griff neben ihren Sessel und zauberte ein in glänzendes Papier verpacktes Geschenk mit einer großen Schleife hervor. Dann erhob sie ihr Glas auf Veer. »Schätzchen, lass uns auf deinen Geburtstag anstoßen. Der wievielte eigentlich ...?« Veer erblasste. »Ja, Veer«, sagte ich schnell, »auf noch viele weitere Jahre.«

Wir stießen an und tranken und aßen, das Zimmer dröhnte von unseren immer lebhafter werdenden Stimmen, und unsere Wangen bekamen noch mehr Farbe. Niemand von uns wäre auf den Gedanken gekommen, dass dies unser letztes gemeinsames Geburtstagstreffen sein würde.

Stunden später kam ich in meiner Wohnung an, die in einer merklich weniger schicken Haager Gegend lag.

Pé saß, auf seine Ellenbogen gestützt, am Tisch, neben sich ein Glas Bier und las das *NRC Handelsblad*.

Ich gab ihm einen Kuss auf den Nacken. Seine Haut dort war ein wenig fahl und furchig. Ich fragte mich, ob er sich an der Stelle wohl zuweilen mit Seife wusch. Obwohl, wenn ich ehrlich war, tat ich das denn eigentlich selbst? »Hast du den Hund schon rausgelassen?«, fragte ich nicht besonders hoffnungsvoll.

»Natürlich nicht«, erwiderte er, ohne von der Zeitung aufzusehen.

Er hatte recht, tagsüber gehe ich immer mit dem Hund, aber manchmal habe ich Glück, wenn er es nicht mehr ertragen kann und Wusel mit seinem traurigen Wie-lange-muss-ich-das-Pinkeln-noch-anhalten-Ausdruck vor die Haustür setzt.

Ich ging in Richtung Leine. Wusel trottete mäßig begeistert hinter mir her. Er wusste, dass Angeleintwerden und Vor-die-Tür-Gehen bei mir zwei total verschiedene paar Schuh sind.

Ich war schon an der Haustür, als mir einfiel, dass ich selbst auch aufs Klo musste.

»Sitz«, sagte ich.

Er gehorchte, was mich jedes Mal aufs Neue erstaunt.

Als ich wieder bei ihm war und schon die Haustür aufgemacht hatte, merkte ich, dass ich den Hausschlüssel vergessen hatte.

»Sitz.«

Mit dem Schlüssel in der Hand hielt mich dann nichts mehr davon ab, vor die Tür zu treten.

Wir schlenderten durch den Park. Vom Regen bildeten sich in den Schlaglöchern Pfützen. Meine Regenjacke war für einen Augusttag eindeutig zu warm.

Die bunte Ansammlung von Enten auf dem Rasen sah, als wir uns näherten, kaum auf. Ich besitze den einzigen Hund weit und breit, vor dem keine Ente Angst hat. Sie blieben friedlich auf dem Rasen sitzen, und als sie ihn ankommen sahen, gaben sie gluckernde Geräusche aus den Tiefen ihrer Kehle von sich. Ich denke, dass sie die Information weitergaben, dass der Lahme mal wieder im Anmarsch war.

Wie immer machte mich dieser Spaziergang etwas nervös. Was für ein Tamtam: diese ganze Schnüffelei für so was Banales wie einmal Pipi machen! Verschiedene Orte werden untersucht und für schlecht befunden. Als er einen geeigneten Busch gefunden hatte, konnte er sich dann nicht zwischen der einen oder der anderen Hinterpfote entscheiden. Wenn ich eine Ente wäre, würde ich ihn auch auslachen. Doch so versuchte ich lediglich, ihn mit leichtem Druck mitzuziehen.

Natürlich war es nicht sonderlich praktisch, einen Hund zu haben. So etwas gehört zu einer Familie mit Kindern oder zu Menschen mit einem geregelten Leben. Aber ich hatte ihn mir in einer einsamen Phase meines Lebens aus einem Nest mit bezaubernden Fellknäueln ausgesucht. Dies war die beste Entscheidung meines Lebens gewesen, denn er wurde die Konstante in meiner Existenz, das einzige Lebewesen, das sich nicht um meine Stimmungen scherte und immer froh war, mich zu sehen. Wie oft habe ich dagesessen, das Gesicht in sein weiches Fell vergraben – wie in einer Szene aus einem Billigroman, was deshalb jedoch nicht weniger trostspendend war.

Mir war ein bisschen übel. Ich hatte zu viel Weißwein getrunken, zu viel fades Zeug gefuttert und war insgesamt zu lange bei Veer hängen geblieben. Eine anständige Mahlzeit würde guttun. Ich versuchte, mich zu erinnern, wer an diesem Abend mit Kochen dran war. Falls ich es war, hatten wir Pech, ich hatte völlig vergessen einzukaufen. Und soweit ich mich erinnerte, war das Gefrierfach auch leer.

Als ich die Haustür öffnete, hörte ich das Telefon. Danach Pés Stimme. Sofort lief ich auf Zehenspitzen weiter.

Ich hatte schon eine ganze Weile das Gefühl, dass wieder mal etwas nicht stimmte oder dass es mal wieder an der Zeit war – das hängt ganz von der Perspektive des Betrachters ab. Jedes Mal, wenn ich das Zimmer betrat, legte er etwas zu schnell auf.

Statistisch gesehen war es nicht möglich, dass so oft Menschen aus Versehen unsere Nummer wählen. Aber mein Plan, ihn nun endlich mal auf frischer Tat zu ertappen, scheiterte, weil Wusel vor mir hertrabte und mit seinem Kopf die Zimmertür aufdrückte. Als ich hinter ihm hereinkam, hatte Pé sich schon wieder über die Zeitung gebeugt.

»Wer war da am Telefon?«

»Falsch verbunden«, antwortete er.

Wir haben eine schwierige Beziehung, und die Male, die wir versucht haben, einen Schlussstrich darunter zu ziehen, kann man nicht mehr zählen. Doch aus irgendeinem Grund kam immer, wenn wir gerade abgemacht hatten, dass wir uns nie mehr sehen wollten, etwas dazwischen: Eine Woche später war eine Party, zu der wir beide gehen wollten; wir hatten bereits Monate zuvor Karten für ein Theaterstück besorgt oder der Urlaub war schon gebucht.

Wir sahen einander drohend an, sagten, dass es nur eine Gnadenfrist war und dass der Entschluss feststand, und verliebten uns in der Zwischenzeit wieder ineinander.

Durch Pé habe ich kennengelernt, was pure Wut ist. Niemand anderem war es jemals gelungen, mich so vollkommen aus der Fassung zu bringen. Es war seine absolute Unerschütterlichkeit, der ich nicht gewachsen war. Du konntest ihn aufs Schlimmste beschimpfen, und er reagierte kaum darauf. Abgesehen davon, dass er dann aufstand und sich ein Stockwerk höher in sein Arbeitszimmer verzog, wo stapelweise die wissenschaftlichen Bücher lagen. Jede Woche schrieb er für die Wochenendbeilage einer Zeitung Stücke über neueste Entwicklungen in der Medizin. Manchmal las ich ein paar davon, um Interesse zu heucheln, aber sie waren so langweilig, dass ich dabei auf der Stelle in Tiefschlaf fiel.

Übrigens sah er sich auch selten die Werbeblätter an, für die ich getextet hatte.

Er kam auch nicht auf die Idee, mich zu ermutigen, jetzt endlich einmal mit dem Buch anzufangen und nicht länger mein großes Talent an Headlines in Flyern zu verschwenden.

Pé war an der Reihe, aber er hatte nicht eingekauft, weil er dachte, dass ich dran wäre. Darum holte er Essen vom Chinesen.

Als ich mich dann hinter den Computer setzte, hatte ich von Krupuk und Babi pangang ein unangenehmes Gefühl im Magen.

Ich musste mir etwas Lustiges für eine Aktion für Tafelgeschirr ausdenken.

»Alte Tassen, alte Teller – soll'n von nun an in den Keller.«

»Es schmeckt besser und geht schneller – von dem neuen hübschen Teller.«

Ich löschte die zwei Sätze und starrte auf meinen Computerbildschirm.

Ich klickte auf iMusic und danach auf Juliette & the Licks, »You're speaking my language baby«.

Ich war mir nicht sicher, ob Pé tatsächlich wieder fremdflirtete. Noch nie habe ich einen Mann getroffen, der sich so wenig um Frauen bemühen musste. Sie lagen ihm reihenweise zu Füßen.

Ich konnte mir von ihm vorstellen, dass er es als unfreundlich empfand, nicht darauf einzugehen. Eine Form der Höflichkeit, die doch etwas weit geht. Es gibt schließlich auch Gastgeberinnen, die sich schon auf den Schlips getreten fühlen, wenn du ein Stückchen Käse ablehnst. Und wegen etwas so Lächerlichem will man ja schließlich niemanden verletzen.

Aber es war nie etwas von Dauer. Es waren lediglich Zwischenfälle, die jeder Form von Romantik entbehrten. Keine Verabredungen, Essenseinladungen, gemeinsame Wochenenden. Man isst die Käsestückchen einfach auf, so simpel ist das anscheinend.

Zu dumm für ihn, dass ich es jedes Mal durchschaute, selbst als wir noch nicht zusammenwohnten. Was das betraf, schien an mir ein Sherlock Holmes verloren gegangen zu sein. Auch wenn es nicht wirklich schwierig war, Dinge aufzudecken. Er ließ Briefe herumliegen. Nachrichten auf dem Anrufbeantworter löschte er nicht. Und in seinem Adressbuch musste ich nur einmal die zuletzt eingetragenen Namen durchgehen und Bingo.

Mit mir hatte es seiner Meinung nach nie etwas zu tun, wenn er wieder einmal danebenhaute.

»Ich bin emotional hundert Prozent treu«, war eine seiner Lieblingsfloskeln. Und merkwürdigerweise war ich davon überzeugt.

Als die Streitereien langsam kein Ende mehr nahmen, gingen wir für kurze Zeit zu einer Paartherapeutin. Was für eine Wonne, einmal einer Dritten erzählen zu können, was in unserer Beziehung alles im Argen war.

»Warum ziehen Sie nicht einfach einen Schlussstrich, wenn es so schlimm ist?«, fragte die Therapeutin Pé.

»Nun ja, so schlimm ist es nun auch wieder nicht«, erwiderte er.

»Warum schmeißen Sie ihn nicht raus, wenn Sie so die Nase voll haben?«, wollte sie von mir wissen.

»Stellen Sie sich vor, er würde dann wirklich gehen!«, rief ich.

Über den Kopf der Therapeutin hinweg sahen wir zwei uns entzückt an.

»Was erwarten Sie dann eigentlich von einem Therapeuten?«

Das konnten wir ihr beide auch nicht sagen.

Wir verabschiedeten uns herzlich von ihr und betranken uns schrecklich in der nächstbesten Kneipe.

Ich hatte noch genau zehn Tage, bis ich meine Texte abgeben musste.

»Sieh selbst, wie gut es schmeckt, vom wunderschönen Gedeck.«

Ich brütete darüber, wie ich das Wort »Genuss« noch mit hineinbringen könnte, auch wenn es sich nicht wirklich reimte. Der beste Slogan, den ich jemals gelesen hatte, lautete: »In der Kinderhand ein Füller, der Brief an Oma wird ein Knüller.« Das ist so herzerweichend, dass einem die Tränen kommen.

Ich schaltete meinen Computer aus und starrte noch eine Weile auf den schwarzen Bildschirm.

2

»Ich muss mit dir reden!«, sagte Noor.

»Wann?«

»So schnell wie möglich.«

»Heute Abend?«

»Geht es nicht früher?«

»Ich muss heute Mittag echt durcharbeiten.«

Wir verabredeten uns in *De Maegd*, einer kleinen Kneipe, die ihren Namen einem lebensgroßen Gemälde von Jeanne d'Arc zu verdanken hatte, das über dem offenen Kamin hing.

Jeden Donnerstagabend traf ich dort meine Freundinnen, der Wein war gut, man brauchte selbst keine Flaschen aufzumachen und hatte hinterher keinen Ärger mit dem Abwasch. *De Maegd* war wie ein Wohnzimmer, und meine Freundinnen waren meine Familie. Lange Zeit habe ich gedacht, es gäbe keinen sichereren Ort auf der Welt als diesen.

Eigentlich durfte ich mir keine Verabredungen erlauben. Coen hatte am Abend zuvor angerufen, um sich nach den Texten zu erkundigen.

Ich kenne keinen Selbstständigen, der in solch einem Fall die Wahrheit sagen würde, nämlich, dass noch keine Zeile geschrieben ist. Daher bekräftigte ich brav, dass er sich keine Gedanken machen müsse, danke der Nachfrage.

»Und wird es gut?«

»Das kann man bei seiner eigenen Arbeit schwer beurteilen«, murmelte ich bescheiden.

»Ich kann also damit rechnen, dass du rechzeitig abgibst.«

»Was hast du denn gedacht!«

Nun ja, was sollte er sich schon gedacht haben.

In Wirklichkeit hatte ich nichts. Es war mir selten passiert, dass so viel Unbrauchbares aus meinem Kopf gekommen war.

»Geschirr mit Nutzen, leicht zu putzen.«

Aus irgendeinem Grund kamen mir lediglich solch hausbackene Reime in den Sinn. Das Geschirr an sich war aber leider auch rein gar nicht inspirierend. Jemand hatte sich bei den staksigen Rosenknöspchen für eine Farbe entschieden, die einfach geschmacklos war, und ich überlegte, ob er genauso verzweifelt wie ich darüber nachgegrübelt hatte. Nur noch zehn Tage, um das Muster zu entwerfen. In Gottes Namen, und wieder eine Rose.

Dass ich allein zu Hause war, gefiel mir auch nicht. Dreimal am Tag mit Wusel rausgehen, auch abends noch einmal vor dem Schlafengehen, wenn ich mich nicht mehr in den Park traute und auf meiner eigenen Straße hastig auf und ab lief. Ich musste ihn, bereits pinkelnd, in den Rinnstein ziehen und mit einem Plastiktütchen um die Hand gewickelt, seinen lauwarmen Haufen aufheben, mit dem ich dann ungeschickt durch die Gegend lief, denn das ist nichts, was man besonders gut in die Jackentasche stopfen kann.

Inzwischen war Pé dabei, in der Bar eines Luxushotels zu versacken, nachdem er den ganzen Tag an einem Symposium teilgenommen hatte. Und das Ganze ging über drei Tage.

Ich vermisste ihn in unserem Bett, das ohne seinen Rücken zum Anschmiegen unendlich groß erschien. In Löffelchenstellung, so schliefen wir normalerweise. Allein fühlte ich mich verloren. Ich wühlte herum und schaute dreimal pro Nacht auf die Uhr. Das hätte ich auch noch zu der Therapeutin sagen können: »Ihn vor die Tür setzen? Ich bin doch nicht verrückt. Ich mag nicht ohne ihn sein!«

Noor war bereits da, in einer Hand eine Zigarette, ein Glas Weißwein in der anderen. Sie sah wie immer spektakulär aus. Der richtige Körper, der richtige Kopf, und dazu immer die richtigen Kleider.

»Das ist meine Rache«, hatte sie einmal erklärt, »für die Scheißklamotten, die ich immer in der Schule anziehen musste. Jetzt kaufe ich mich dumm und dämlich.« Und als sie mein erstauntes Gesicht sah, erklärte sie: »Weißt du das wirklich nicht mehr ...? Wir hatten nicht viel Geld zu Hause, und Vera und du, ihr hattet immer alles.«

Was ich von der Zeit jedoch sehr wohl in Erinnerung habe, ist der Fanatismus, mit dem sie in allem die Nummer eins sein wollte. Ob Lernen, Sport oder Jungs. Und irgendwie gelang ihr das auch, selbst wenn sie schummeln musste für die Eins auf dem Zeugnis oder ihren Freundinnen in die Parade fahren musste, um den beliebtesten Jungen abzubekommen. Wenn es darum ging, ihren Willen durchzusetzen, war sie gnadenlos. Wer sich gegen sie auflehnte oder sie reizte, indem er auf seiner eigenen Meinung bestand, war bei ihr abgeschrieben. So einfach war das. Auf einmal gehörte das Mädchen, das am Tag zuvor noch ihre Freundin gewesen war, nicht mehr dazu. Die Gespräche verstummten, wenn sie hinzukam, und sie wurde nirgendwo mehr eingeladen. Noor bestimmte das einfach, und dafür brauchte sie kein Wort zu sagen, ihr Blick reichte schon aus. Doch wo Noor war, war immer was los. Wer nicht zu ihrem Klub dazugehörte, verpasste etwas.

Erst seit ein paar Jahren trafen wir uns wieder regelmäßig. Wir hatten uns lange nicht mehr gesehen, was aber offensichtlich kein Problem darstellte. Nachdem ich Noor und Veer auf einem Klassentreffen in die Arme gelaufen war, machten wir da weiter, wo wir vor Jahren aufgehört hatten, nur dass Noor jetzt Klamotten trug, in denen normalerweise nur Prinzessin Maxima herumläuft.

Sie hatte den großen Coup gelandet: Charles, der den Boden anbetete, auf dem sie ging, und dazu noch reich genug war, um ihr all ihre Wünsche zu erfüllen. Dass sie auf eine diskrete Art und Weise massiv fremdging, wusste er nicht. Es würde sein Selbstwertgefühl zerstören und das Ende ihrer Ehe und ihres luxuriösen Lebens bedeuten, wenn er das jemals herausfinden würde, dessen war Noor sich bewusst.

Ich nahm ihr gegenüber am Tisch Platz.

»Hübsche Jacke«, sagte sie abwesend.

Irgendwann muss sie herausgefunden haben, dass Leute es mögen, wenn man etwas Nettes zu ihnen sagt, aber es kam nicht wirklich von Herzen. Dennoch fühlte ich mich geschmeichelt.

Immerhin war es ein Moschino-Jäckchen, das jedoch nur erschwinglich gewesen war, weil ich es während des Ausverkaufs aufgetan hatte.

Noor machte eine gekonnte Bewegung mit den Fingern

in Richtung Bar, und einen Moment später stand ein Glas Weißwein vor mir.

»Ich bin verliebt«, sagte sie.

Es war nicht das erste Mal, dass sie diese Mitteilung machte, und es erstaunte mich, dass sie sich dafür extra mit mir verabredet hatte. In den paar Jahren, in denen wir uns wieder regelmäßig trafen, hatte sie mir eine ganze Menge an Affären anvertraut. Meistens von kurzer Dauer. Verliebtheit vorbei, Beziehung vorbei, für immer gute Freunde. Das bewunderte ich an ihr. Wenn es bei mir mit einem Liebhaber aus ist, sind doch noch so viele Emotionen im Spiel, dass ich froh bin, wenn ich ihm nicht mehr unter die Augen treten muss.

»Wer ist es denn?«, wollte ich wissen. Nicht dass mich das wirklich interessierte. Die meisten kannte ich sowieso nicht. Oder nur aus der Zeitung. Ein Topmanager, der sich durch einen Griff in die Kasse bereichert hatte. Ein Politiker, für den ich nie im Leben stimmen würde, geschweige denn, mit ihm ins Bett gehen. Oder einmal den Vorsitzenden eines Fußballklubs, der im Laufe der Saison dann wie ein Komet aus der Liga verschwand, auch wenn ich nicht glaube, dass Noor damit etwas zu tun hatte.

»Fred«, sagte sie.

Ich verschluckte mich an meinem Wein. Als ich endlich ausgehustet hatte und wieder normal atmen konnte, waren Minuten vergangen.

»Ich glaube, du spinnst.« Meine Stimme klang heiser, und meine Kehle fühlte sich rau an.

»Weiß ich.«

»Meine Güte, Noor, das kannst du doch nicht machen!«

Sie nickte ruhig.

»Wir würden von den Männern der anderen immer die Finger lassen, erinnerst du dich noch? Du kannst doch nicht immer nach allem grabschen, was du zufälligerweise gerade haben willst.«

»Er will mich auch. Wir beide wollen uns. Und der Sex ist …«

Ich sah sie an.

»Wie lange läuft das schon?«

»Ein Jahr.«

»Und warum muss ich es dann jetzt auf einmal unbedingt wissen?«

Sie zuckte mit den Schultern und wiederholte diese Fingerübung, woraufhin die Gläser ausgetauscht wurden. Mit einem Mal machte es mich wütend, dass sie immer für jeden entschied, was passieren sollte, und meistens selbst auch noch gut dabei wegkam.

»Milchkaffee«, sagte ich irritiert, auch wenn ich darauf überhaupt keine Lust hatte, und der Typ verschwand mit dem vollen Glas.

Noor zog die Augenbrauen hoch, ersparte sich aber jeglichen Kommentar.

»Und Carolien weiß von nichts?«

»Wenn dem nicht so wäre, hättest du es wohl gemerkt.«

Wahrscheinlich hatte sie recht, obwohl Carolien nicht schnell aus dem Gleichgewicht zu bringen war. Es könnte durchaus sein, dass sie zu der kleinen Gruppe von Frauen gehörte, die auf eine würdevolle Art den Betrug ihres Ehepartners überging.

Carolien wurde eines Tages von Vera in den Kreis eingeführt. Sie hatte sie beim Squash kennengelernt und fand sie nett. Weil es Vera anscheinend wichtig war, dass sie zum Klub dazugehörte, und Carolien sympathisch wirkte, hatten wir nichts dagegen einzuwenden. Über sich selbst sprach sie selten, und das war auch gut so, denn wir hatten genug mit unseren eigenen Problemen zu tun. Nach ein paar Jahren wussten wir nicht viel mehr von ihr, als dass sie früh geheiratet und zwei Söhne hatte, die in Groningen studiert und dort in der Gegend auch einen Job und eine Frau gefunden hatten.

Ihren Mann betrachtete sie immer mit leichter Verwunderung, als würde sie nach all den Jahren Ehe noch immer nicht begreifen, warum er sich für sie entschieden hatte. Eine Verwunderung, die wir teilten, insbesondere, weil Fred uns die paar Mal, die wir ihn auf Partys getroffen hatten, über ihren Kopf hinweg so lüstern angeschaut hatte. Ein attraktiver Mann, wenn auch ein ziemlicher Prahlhans.

Jetzt war ihr Fred also Noor in die Hände gefallen.

Es war mir ein Rätsel, wie sie es geschafft hatten, das so lange geheim zu halten. Ein Jahr lang heimliche Verabredungen, das ist doch unvorstellbar! Ständig einen Blick hinter dich werfen, ob jemand dich beim Betreten des Motels beobachtet. An der Rezeption einchecken, wo sie alle wissen, was du gleich tun wirst. Den Zimmerschlüssel von einer adretten Empfangsdame mit einem feinen vorn geknoteten Schal um den Hals entgegennehmen. Das scheinen mir nicht wirklich die idealen Umstände zu sein, bei denen du feucht im Schritt wirst. Und währenddessen Risiko laufen, dass es irgendwann den großen Knall gibt und alles auffliegt.

Wir hatten nicht ohne Grund abgemacht, dass wir uns von den Männern der anderen fernhalten würden. Wir hatten alle schon mit Beziehungslügen und Betrug zu tun gehabt, wir kannten das Tohuwabohu, das dadurch verursacht wurde, und hatten keine Lust dazu, dass unsere Freundschaft, wenn auch nur oberflächlich, unter so etwas Läppischem wie Fremdgehen mit dem Mann der anderen leiden würde.

Es war nicht so schwierig, sich an diesen Ehrencode zu halten, denn groß war die Versuchung nicht.

Aber jetzt war anscheinend alles anders.

Mein Mangel an Begeisterung war deutlich geworden.

»Ich weiß, dass du ihn nicht magst. Aber ich kenne den wirklichen Fred. Besser als Carolien ihn kennt. Hinter all dem äußeren Gehabe von ihm steckt ein ...«

»... kleiner Junge?«, kam ich ihr zu Hilfe.

Sie sah mich misstrauisch an.

Ich beugte mich über den Tisch.

»Hör mal, Schätzchen, in jedem Mann verbirgt sich ein kleiner Junge. Das ist ihre Geheimwaffe. Wenn es in einer Beziehung zu *heavy* wird, bringen sie die Probleme zurück auf Dinky-Toy-Niveau, das können sie alle. Was Frauen maßlos übertreiben, spielen Männer herunter. Ich habe mich schon immer einen Dreck für dieses Kleinjungengehabe interessiert. Wenn du vernünftig bist, setzt du Fred morgen beim Spielplatz ab, da kann er dann wippen.«

Aus den Augenwinkeln sah ich Vera hereinkommen.

All meine Alarmlampen sprangen auf Rot.

»Was hast du mit uns vor?«

Vera war eine andere Geschichte. Sie war als reiches Mädchen bei Eltern aufgewachsen, die ihre einzige Tochter anbeteten. Wenn ihr Fahrradreifen platt war, wurde sie im Auto zur Schule gebracht; und zwar vom Chauffeur ihres Vaters, mit dem sie dann erst noch kurz bei einer Snackbar vorbeifuhr, um ordentlich Süßigkeiten einzukaufen, denn andere einladen mochte sie gern.

Selbst als sie mit achtzehn, als sie gerade mit der Schule fertig war, auf einmal schwanger wurde, stellte das kein großes Problem dar. Es wurde eine Fulltime-Nanny für Töchterchen Patricia angestellt, und Vera setzte ungestört ihr fröhliches Leben fort. Ein Spaßstudium Spanisch in Amsterdam, ein Appartement in einem Grachtenhaus, wo die Luft vom ganzen Hasch zum Schneiden war und es von Schmarotzern wimmelte, die in allen Ecken des Hauses in Schlafsäcken übernachteten.

Als sie eines Tages beschloss, die Sprache im Land selbst zu lernen, zog sie ihre Jacke an, warf sich ihre Schultertasche um und machte sich einfach auf den Weg.

Einen Tag später wurden ihre Gäste vor die Tür gesetzt, und der ganze Saustall wurde vom Personal ihrer Eltern aufgeräumt.

Ein Autounfall in Cannes vor ein paar Jahren, bei dem ihre Eltern auf der Stelle tot waren, machte aus ihr eine steinreiche Erbin. Patricia wohnte zu der Zeit schon allein, mehr eine Freundin ihrer Mutter als eine wirkliche Tochter.

Wenn Geld so selbstverständlich ist, spielt es keine Rolle mehr.

Vera konnte sich beim besten Willen nicht vorstellen,

dass andere Menschen manchmal knapp bei Kasse waren oder, schlimmer noch, einfach kein Geld hatten.

Als wir einmal, mit vollen Einkaufstaschen beladen, an einem Mann vorbeiliefen, der versuchte, die Obdachlosenzeitung zu verkaufen, steuerte sie geradewegs auf ihn zu.

»Haben sie wirklich kein Haus ...?« Der Mann warf einen Blick auf das blonde Wohlstandskind mit den fröhlichen blauen Augen und dachte, dass er seinen *lucky day* hätte. Aber Veer wollte ihm nur Glück wünschen, für seine beneidenswerte Position. »Mein Lieber, Sie haben ja keine Ahnung, was für ein Schwein Sie haben! Ich habe zwei Häuser, und ständig muss daran etwas repariert werden, ein Elend ist das. Und wenn alles in Ordnung ist, wird der Gärtner krank, und du musst selbst Blätter harken.«

Er sah ihr mit offenem Mund hinterher.

Als ich »Das kannst du echt nicht machen, Veer!«, sagte, ging sie zurück, um ihm fünfzig Euro zu geben.

Das war typisch Veer. Ohne mit der Wimper zu zucken, konnte sie innerhalb von drei Minuten eine Pelzjacke von fünftausend Euro kaufen. Die dann übrigens innerhalb eines Monats aussah, als hätte sie sie auf dem Waterlooplein geschossen. Alles, was sie anzog, war in kürzester Zeit reif für die Lumpensammlung. Flecken, Löcher, offene Nähte.

So ist das eben, wenn du dich kaum für dein Äußeres interessierst und Geld genug hast, um alles, wo ein bisschen der Lack ab ist, direkt zu ersetzen.

Manche Menschen fanden sie dumm, was seltsam scheint, da es irgendwie im Trend liegt, blond und attraktiv zu sein und dabei einen IQ von 136 zu haben, doch so einfach war das bei ihr nicht.

Es war die Naivität, mit der sie Dinge sagte und tat, die keinem normalen Menschen in den Sinn kommen würden.

Und genau das war es, warum ich sie mochte. Vera war die Ehrlichkeit in Person, für ihre Freunde ging sie durchs Feuer, und man hatte immer eine Menge Spaß mit ihr.

Auf dem Weg zu unserem Tisch zog sie ihre pelzgefütterte Wildlederjacke aus, die sie dann so nonchalant in der Hand hielt, dass sie damit die halbe Kneipe fegte.

»Das ist aber eine nette Überraschung!«, sagte sie zu Noor.

»Hoi Tess, große Neuigkeiten?«

Sie setzte sich dazu und ließ ihre Burberry-Tasche lässig auf den Boden fallen, der Weißwein stand bereits vor ihrer Nase, bevor sie sich richtig hingesetzt hatte. Man kannte sie in *De Maegd*.

Noor gab eine Kurzfassung von dem wieder, was sie mir gerade erzählt hatte.

»Und du redest tatsächlich von *unserem* Fred?«, fragte Vera.

»Es steckt ein kleiner Junge in ihm«, sagte ich.

Noor warf mir einen giftigen Blick zu.

»Was ist denn so besonders an ihm?«, fragte Vera beharrlich.

»Vieles, wenn du auf kleine Jungs stehst«, sagte ich, während ich Noors Blicken trotzte.

»Dürfte ich vielleicht selbst antworten?«

»Natürlich. Und erzähl doch dann bitte gleich noch, warum genau wir beide hier nun antanzen mussten.«

»Ich brauche eure Hilfe.«

Das war genau, was ich bereits befürchtet hatte.

Der Plan war ganz einfach.

Noor und Fred hatten festgestellt, dass sie unbedingt mehr Zeit füreinander brauchten als die gestohlenen paar Stunden in Motels. Wochenenden, vielleicht ab und an auch mal eine Woche.

Und hier kamen Vera und ich ins Spiel.

Vera hatte ein Zweithaus in den Wäldern von Brabant von ihrem Vater geerbt, der in der Provinz mit Bierbrauerei ein Vermögen gemacht hatte, und sie sollte – angeblich – öfter dort Urlaub machen. Noor sollte dann – angeblich – mit ihr mitfahren. Zwei Freundinnen, die sich für ein Wochenende gemütlich mit einem Stapel Bücher zurückziehen.

»Und ihr wollt wirklich, dass ich dabei bin?«, fragte Veer.

»Nee, Veer, du gibst uns die Schlüssel, und wir fahren.«

»Und was ist mit mir?«

»Na ja, du eben nicht.«

»Aber wenn Leute mich sehen, fragen sie natürlich, wo du bist.«

»Darum musst du auch weg sein.«

»Und wo soll ich hin?«

»Komm schon, Veer, besuch Patricia in Brüssel, damit hast du doch sonst kein Problem?«

»Warum fahrt ihr nicht selbst nach Brüssel?«

»Zu gefährlich. Die halbe Welt läuft da herum.«

Veer sah mich Hilfe suchend an.

»Und welche Rolle spiele ich in diesem Stück?«, wollte ich wissen.

»Du kannst einfach zu Hause bleiben. Ich sage Charles, dass ich mit dir ins Kino oder irgendwo essen gehe. Du musst nur sagen, dass es stimmt, falls er dich jemals danach fragen sollte. Das wird er natürlich nicht tun, aber man weiß ja nie.«

»Noor, wenn Charles etwas wissen will, ruft er dich auf dem Handy an.«

»Und dann sage ich: ›Hallo Schatz, ich bin bei Tess.‹«

»Aber das kannst du doch auch so sagen?«

»Natürlich, aber nur, wenn du dann auch wirklich zu Hause bist. Er darf dich nicht eine Viertelstunde später irgendwo durch Zufall treffen.«

Es war sonnenklar. Um Noors Alibi perfekt zu machen, bekam ich während ihrer romantischen Rendezvous Hausarrest und Vera musste das Land verlassen. Das war der Grund, warum ich so eine Abneigung gegen diese Art von Techtelmechtel habe: Wenige Dinge sind so kompliziert wie geheime Romanzen. Wenn man eine Kosten-Nutzen-Analyse von jedem Orgasmus machen würde, steckten darin mehr Stunden der Vorbereitung als in den Sitzungen fusionierender Firmen.

Außerdem kommt ohnehin der Moment, in dem die ganze Welt weiß, was läuft, außer den Leuten, die das Recht dazu hätten, es zu wissen. Und wenn diese dann endlich dahinterkommen, bricht die Hölle los.

»Mir scheint das keine gute Idee zu sein, Noor«, sagte ich. »Die ganze Aufregung für einen Mann wie Fred.«

»Charles ist impotent«, sagte sie.

»Aber sein Bankkonto nicht, und darauf stehst du doch?«

»War das wirklich alles des Geldes wegen, Noor?«, fragte Veer erstaunt.

Noor schnipste mit den Fingern.

»Dafür hat man dann also Freundinnen«, sagte sie bitter, während vor uns drei neue Gläser Wein hingestellt wurden.

3 Noch drei Tage, und ich hatte nicht einen einzigen anständigen Satz.

»Schlechter Kaffee schmeckt dir klasse aus der wunderhübschen Tasse.«

Es wurde immer schlimmer. Ich fragte mich allmählich, ob ich den Auftrag nicht lieber zurückgeben sollte. Das würde das Ende der Zusammenarbeit mit Coen bedeuten, und genau das hielt mich davon ab. Die Konkurrenz schläft nicht.

Früher knüpften Frauen, die sich langweilten, Eulen in Makramee, die sie dann in ihre Fenster hängten. Danach stürzten sie sich en masse auf das Anfertigen von Aquarellen, deren Opfer mit Vorliebe Hortensien waren. Heutzutage schreibt man, wenn man etwas darstellen will, am besten ein Buch, und um Texte von der Art, wie Coen sie braucht, zu schreiben, stehen sie Schlange.

»Dann schreib doch das verdammte Buch«, sagte Pé.

»Ich weiß nicht, worüber.«

»Dann kannst du wenigstens aufhören, deswegen herumzunörgeln.«

»Denk dir doch wenigstens etwas Brauchbares für Tischgeschirr aus«, flehte ich.

Er zuckte mit den Schultern.

»Wenn du mich fragst, bist du auf dem ganz falschen Weg. Slogans nimmt man für Waschmaschinen. Geschirr hat etwas mit Psychologie zu tun. Emotion. Du deckst für deine Familie den Tisch, auf das hübsche Geschirr kommt dann das leckere Essen, und in harmonischer Runde sitzt man dann drum herum.«

»Das ist zu lang.«

»Denk weiter in diese Richtung. Versuch, es dir bildlich vorzustellen. Der Höhepunkt des Tages noch wertvoller, denn die Kartoffeln sind in einer Schale mit … was war das noch gleich?«

»Rosenknospen.«

»… Rosenknospen. Viel Glück. Ich bin dann oben.«

»Worum geht es?«

»Darmkrebs.«

»Viel Spaß.«

Er verschwand.

Ich sah nach, ob ich Mails bekommen hatte.

Eine, von Noor. »Machst du mit?«

»Hm, nee«, mailte ich zurück.

Höhepunkt des Tages … ich habe Noor widersprochen!

Ich zog meinen Computer zu mir heran und fing an zu tippen.

Noor unternahm keinen weiteren Versuch, mich einzusetzen. Als wir in *De Maegd* zusammensaßen, ließ sie mich auf eine subtile Art spüren, dass ich es mir mit ihr verscherzt hatte. Ich denke nicht, dass den anderen auffiel, dass sich ihre Augen veränderten, wenn sie mich ansah. Eiskalt. Grace Kelly konnte so gucken, aber da tangierte es einen ja nicht weiter. Mit ihrem Schweigen strafte Noor mich für meinen Unwillen, an dem Betrug mitzuarbeiten, die gleiche Art, die sie auch immer in der Schule angewandt hatte, wenn jemand nicht tat, was sie verlangte.

Auch jetzt konnte ich nicht gut damit umgehen. Ich hätte garantiert nachgegeben, wenn sie mich noch einmal gefragt hätte, aber sie hatte mich ganz offensichtlich abgeschrieben.

»Ist es aus?«, mailte ich hoffnungsvoll.

»Das hast du dir wohl so gedacht!«

»Wo tut ihr es dann?«

»Überall.«

»Wie?«

»Meistens ich oben?«

»Ich meine, wie regelt ihr es. Wie kriegt ihr es hin. Einfach WIE!«

Ich blieb noch eine Weile hinter dem Computer sitzen, aber sie mailte nicht mehr zurück.

Coen war zum Glück zufrieden mit meinen Texten über die Mahlzeit als wichtigstes Familienereignis und die Rolle, die ein schönes Tischgeschirr dabei spielt. Ich hatte auch noch einen kleinen Text hinzugefügt, wie wichtig es ist, dass Kinder schon in jungen Jahren mit schönen Dingen in Kontakt gebracht werden. Dabei verdrängte ich mit aller Kraft das Bild von staksigen Rosenknospen in Blau-Gelb von meiner Netzhaut.

»Großartig!«, mailte Coen. »Bei genauerer Betrachtung halte ich Slogans weniger geeignet für ein Service. Das ist eher etwas für Waschmaschinen. Sehr richtig, dass du das so umgesetzt hast. Ihr nächstes Sonderangebot ist Besteck. Befass dich schon mal damit, denn der Auftrag geht natürlich an dich.«

Der Slogan »Die perfekte Gabel für den Kinderschnabel« sprudelte ganz von selbst aus mir heraus. Was mich nicht weiter erstaunte, schließlich habe ich ja Talent.

Ich legte einen neuen Ordner mit dem Namen BESTECK an und legte den Slogan, den ich soeben geschrieben hatte, dort ab.

So, das wäre schon mal erledigt!

Dieser Anflug von Kreativität hatte mich so aufgekratzt, dass ich den Ordner THRILLER anklickte. Ich hatte noch keine Zeile geschrieben, aber ich war schon ganz ordentlich mit der Vorbereitung zugange. Ich bin davon überzeugt, dass man eine gründliche Analyse von der Art von Buch machen muss, das man schreiben will, bevor man mit der echten Schreibarbeit beginnt.

Noch wichtiger ist vielleicht der Titel.

Mir ist aufgefallen, dass in den Niederlanden Bücher mit dem Titel *Zurück* … immer erfolgreich sind, ob man nun *nach Oegstgeest, zur Küste* oder *zu Ina Damman* dahintersetzt.

Die Hälfte des Titels hatte ich also schon. Jetzt noch der Rest.

Zurück nach Delfzijl ginge zum Beispiel. Assoziationen mit Simenon, der dort eine Reihe Maigrets geschrieben hat. Eigentlich keine so schlechte Idee. In meinem Buch könnte der Erzähler in einem der Bordelle, die er da besucht hat, einen Mord begangen haben. In der *Roten Rita* zum Beispiel. Nie aufgelöst, obwohl sich der älteste Einwohner von Delfzijl vielleicht noch daran erinnert, was damals darüber gemunkelt wurde.

Meine Güte, ich war wirklich in Schwung an diesem Abend. Und Durst hatte ich auch, nach einem Glas Wein.

Ich tippte LITERARISCHER vor das Wort THRILLER und schloss den Ordner.

Als ich auf der Mitte der Treppe war, hörte ich das Telefon klingeln.

Zwei Stufen auf einmal nehmend, raste ich nach unten. Endlich würde ich es schaffen, als Erste da zu sein. Ich stürmte ins Zimmer und sah, dass Pé nur noch ein paar Meter vom Telefon entfernt war. Aber ich hatte mehr Tempo drauf. Ein paar Sekunden vor Pé hatte ich den Hörer in der Hand und drückte diesen ans Ohr. Ich sagte nichts, ich musste vorsichtig sein, sonst würde gleich aufgelegt werden. Während ich versuchte, so geräuschlos wie möglich zu keuchen, sah ich den verwunderten Ausdruck auf Pés Gesicht, der sich wieder zurück auf seinen Stuhl gesetzt hatte.

Am anderen Ende der Leitung war ein leises Geräusch zu hören. Eine Frauenstimme.

»Pé, bist du es?«

»Haha, das hast du dir wohl so gedacht. Und belästige uns in Zukunft nicht mehr, würdest du …«

Ich stellte das Telefon zurück auf die Ladestation, stützte die Hände in die Hüften und sagte triumphierend: »So, die weiß auf jeden Fall, woran sie ist!«

»Ich glaube, das war meine Mutter, Tess«, sagte Pé. Er sah auf die Uhr. »Sie wollte um diese Zeit anrufen.«

Es gibt Mütter, die das Mädchen, mit dem der Sohn nach Hause kommt, mit offenen Armen empfangen. »Willkommen, Kind! Wenn mein Sohn dich liebt, dann werde ich das auch tun.«

Aber bei der Mutter von Pé hatte ich auf den ersten Blick gesehen, dass sie nicht gerade auf eine Schwiegertochter gewartet hatte. Damals nicht und eigentlich überhaupt niemals.

Söhne merken so etwas nicht. Sie denken, dass alles Friede, Freude, Eierkuchen ist, solange ihre Mutter und ihr Mädchen sich nicht mit Küchenmessern zu Leibe rücken.

Pé hatte keinen blassen Schimmer davon, dass von der ersten Minute an ein subtiler Guerrillakrieg um ihn geführt wurde. Er fühlte sich geschmeichelt, als seine Mutter erzählte, dass sie ja so einen einzigartigen Sohn hatte und dass er sie heiraten wollte, als er noch ein kleiner Junge war und dass sie immer die wichtigste Frau in seinem Leben gewesen ist.

»Ja, besonders abenteuerlustig ist er nicht, aber das ist ja gerade so liebenswürdig an ihm.«

»Und er ist wirklich ein lieber Junge. Er brachte auch immer so liebe Mädchen mit nach Hause.«

»Das wird dann aber eine Umstellung werden«, sagte ich.

Sie war nicht aus der Fassung zu bringen.

»Ich hatte immer einen guten Draht zu ihnen. Pé verliert an Menschen schnell das Interesse. Er hat dann ein paar Tränchen vergossen. Und, nun ja, dann war er doch wieder allein.«

»Aber glücklicherweise waren Sie dann ja da.«

»Und das wird auch immer so sein.«

Ich habe mich den ersten Abend durch drei Alben mit Fotos von Pé durcharbeiten und Dutzende Geschichten über seine Genialität anhören müssen.

»Ich glaube, sie mag dich«, sagte Pé, als wir nach Hause fuhren.

Ich sagte nichts. Gegen ein bisschen Heuchelei habe ich ja nichts, aber was zu viel ist, ist zu viel.

Auf jeden Fall haben wir, nachdem wir bei dem ersten kleinen Gefecht erkannten, dass wir uns in nichts nachstanden, versucht, das Beste daraus zu machen.

Aber nun war das Schreckliche dann doch passiert.

Ich hatte meine Schwiegermutter schlecht behandelt, und wie ich sie kannte, gab es keine Möglichkeit, sie davon zu überzeugen, dass es wirklich nur ein reines Missverständnis war.

Auch für Pé war die Sache noch nicht erledigt.

»Dürfte ich vielleicht wissen, was diese geistesgestörte Aktion sollte?«

»Wenn du mir dann erzählst, warum in der letzten Zeit so geistesgestört viele Leute die verkehrte Nummer wählen.«

»Das war meine Mutter.«

»Du weißt, verdammt noch mal, ganz genau, was ich meine.«

»Ich habe wirklich keine Ahnung, wovon du sprichst.«

»Komm schon, Pé, sobald ich in der Nähe bin, legst du auf. Die Streiche kenne ich. Gib doch einfach zu, dass du fremdgehst.«

Er stand auf. »Tut mir leid, aber das ist mir wirklich zu blöd.«

»Das ist keine Antwort.«

Er trat auf den Flur hinaus und ging die Treppe nach oben.

Ich rannte hinter ihm her, er solle mir, verdammt noch

mal, eine Antwort geben, aber er war schon auf dem Klo verschwunden.

Ich tigerte auf dem Flur auf und ab. Ich war doch nicht blöd! Schließlich hatte ich die Statistiken auf meiner Seite.

Das Telefon klingelte. Ich schlüpfte in mein Arbeitszimmer und schnauzte meinen Namen.

Schluchzen auf der anderen Seite der Leitung. Unter Flennen folgte dann eine Geschichte, dass sie das nicht verdiene, von Anfang an aber gewusst hätte, dass ich sie nicht mochte. Und jetzt, da die Karten ohnehin offenlagen, wollte sie mir mitteilen, dass sie mich ebenfalls nie hatte leiden können.

Sie schniefte noch ein paar Mal und legt dann auf.

Ich war nun in einer Laune, dass ich jemanden hätte ermorden können, und wenn ich mir einen auswählen könnte, dann am liebsten Pé.

Ich rüttelte an der Klotür. Dort gab es ein kleines Häkchen, das schon lange hätte ausgetauscht werden müssen, aber warum sollten wir, wir hatten nie Gäste, und selbst schlossen wir Türen eigentlich prinzipiell nicht ab.

Der Haken flog zur Seite, und die Tür ging mit solch einem Schwung auf, dass ich fast auf den Hinterkopf geknallt wäre.

Pé sah mich an, als wäre ich ein Gespenst, mit heruntergelassener Hose, im Mund eine Gauloise.

»Verschwinde, Tess«, sagte er nicht wirklich unfreundlich.

Anstatt zu verschwinden, erklärte ich, was ich von ihm hielt. Wie stark meine Verachtung für Menschen sei, die andere betrügen. Wie tief man dann gesunken ist.

Er rutschte ein Stück zur Seite und ließ seine Gauloise in die Kloschüssel fallen.

Er sah nicht aus, als würde ihn diese Situation besonders beeindrucken. Aber beeindruckt war er nie, was auch immer ich tat, sagte, rief oder schrie.

Meine Wut legte sich und ließ eine eigenartige Gleichgültigkeit zurück. Ich drehte mich um und ging aus der Tür, doch im letzten Moment hatte ich eine Eingebung. Ich riss die Rolle Toilettenpapier vom Halter und stolzierte damit den Flur entlang.

Dort setzte ich mich auf das mottenzerfressene, rote, fusselige Sofa, das wir mal in Frankreich auf einem Brocante-Markt gekauft hatten, die Papierrolle in den Händen.

»Tess, das geht zu weit.«

»Ich will eine Antwort.«

»Willst du, dass ich sie mir holen komme?«

Darüber musste ich nachdenken. Pé, der mit der Hose um die Knöchel hiphoppenderweise über den Flur läuft, während sein Schwanz fröhlich im Rhythmus tanzt. Wollte ich ihn wirklich so sehen?

Ich stand auf und ging zum Klo, drückte ihm die Rolle in die Hand und schloss hinter mir die Tür.

Fünf Minuten später saß er neben mir auf dem Sofa.

»Es ist irgendjemand Unbekanntes. Ich wollte nicht, dass du dir Sorgen machst. Sie wird schon wieder damit aufhören. Es tut mir leid.«

»Mir auch.«

»Mir auch.«

»Das sagtest du schon.«

Ich schwieg. Es war bizarr, wie schnell ein gutes Gespräch bei uns innerhalb kürzester Zeit ins Chaotische abdriften konnte.

Er legte seinen Arm um mich.

»Ich habe in letzter Zeit öfter darüber nachgedacht: Ich denke, es wäre eine gute Idee, wenn wir uns eine Weile nicht sehen würden. Einfach mal darüber nachdenken, wie es weitergehen soll. Was meinst du?«

Ich zuckte mit den Schultern. Du fragst doch nicht Menschen, die einen Orkan auf sich zukommen sehen, was sie davon halten.

Die Welt sah anders aus ohne Pé. Ehrlich gesagt, interessierte sie mich einen Scheißdreck. Selten hatten wir Hand in Hand nebeneinander auf dem Sofa gesessen, was das anging, vermisste ich also nichts. Aber wir aßen doch jeden Abend zusammen, und wenn ich an meinem Computer saß, wusste ich, dass er oben mit seiner Arbeit beschäftigt war. Ich war es gewohnt, zu ihm ins Zimmer zu gehen, wenn ich mit einem Text nicht weiterkam oder ich mich langweilte. Wenn er manchmal ein paar Tage weg war, wusste ich, dass er wieder zurückkommen würde. Ich musste Wusel dreimal am Tag rauslassen und etwas Anständiges über Besteck schreiben, ansonsten hätte ich mich längst aufgegeben.

Es gab nichts mehr, für das es wert war aufzustehen; ich konnte genauso gut den ganzen Tag über im Bett liegen bleiben. Vielleicht wäre das nicht die schlechteste Idee, denn nachts tat ich kein Auge zu.

Ich legte Pés Kopfkissen schräg neben mich, dann fühlte es sich auf dieser Seite wenigstens nicht so leer an, aber das war ein armseliger Ersatz. Vor allem nachts konnte es mir plötzlich den Atem nehmen, wenn ich daran dachte, dass so vielleicht meine Zukunft aussah. Laut mit einem Hund zu reden, um wenigstens das Geräusch einer menschlichen Stimme zu hören. Fastfood zu essen, weil ich überhaupt keinen Sinn darin sah, für mich allein zu kochen. Und mich hübsch machen, das gab es auch nicht mehr. Warum sollte ich etwas für mich selbst tun, wenn der Einzige, von dem ich angesehen werden wollte, mich sowieso nicht anguckte?

Mein einziger Trost war, dass wir uns friedlich voneinander getrennt hatten und dass er nicht viel von seinen Klamotten mitgenommen hatte. Obwohl er in jeder Hinsicht mit lächerlich wenig auskam. Was mich jedoch ernsthaft beunruhigte, waren die Lücken in seinem Bücherregal. Warum sollte man die Erstausgaben von Hermans mitnehmen, wenn man davon ausging, dass man zurückkommt?

Er wohnte bei einem Freund, der ein Zimmer frei hatte, und er hatte sein Handy dabei. Ich konnte ihn anrufen, wenn ich wollte, aber das tat ich nicht. Ich war von der Idee besessen, dass er über uns nachdenken wollte. Es war eine grausige Vorstellung, dass jemand hier, in dieser Stadt, mit einer Gauloise in der Hand und einem Glas Armagnac vor sich über meine Zukunft entscheiden würde.

»Warum entscheidet er über deine Zukunft?«, fragte Noor, die zu mir gekommen war, als ich sie nach ein paar Abenden Alleinsein heulend angerufen hatte, weil ich es nicht mehr aushielt.

»Such dir ’nen anderen. So ein Hauptgewinn war er nun wirklich nicht.«

»Sie ist verrückt nach dem Kerl«, erklärte Veer, die mitgekommen war.

»Das ist das Dümmste, was du tun kannst. Niemals die Macht aus den Händen geben! Außerdem ging er fremd.«

»Ab und zu. Schon sehr lange nicht mehr.«

»Aber er wird mit Sicherheit schnell eine andere haben«, sagte Veer. »Das ist bei Männern meistens so, wenn sie abhauen.«

Ich fing wieder an zu heulen.

»Dann muss Tess dafür sorgen, dass sie als Erste jemand anderen hat«, sagte Noor.

»Ich kenne niemanden«, schluchzte ich.

»Genau«, sagte Veer triumphierend. »Aber Pé schon!«

Noor zuckte mit den Schultern. »Dieses ganze Gejammer wegen eines Mannes, der keinen Cent hat. Such dir den Nächsten bloß sorgfältiger aus, dann musst du zumindest nicht mehr diese idiotischen Texte schreiben.«

Sie legte mir einen Arm um die Schultern, und es sickerte zu mir durch, dass sie tatsächlich versuchte, mich zu trösten.

»Lass uns in *De Maegd* gehen«, schlug sie vor.

Aber das ging nicht. Dann würde ich betrunken nach Hause kommen und spätabends dennoch mit Wusel vor die Tür gehen müssen.

Ich durfte mir nichts vormachen: Mein Leben ging schrecklich den Bach herunter.

4 Als ich Pé kennenlernte, war das mit Mam schon Jahre her. Ich war Anfang zwanzig und führte ein ziemlich zügelloses Leben. Ich kümmerte mich eigentlich um gar nichts. Ich wohnte allein, hatte einen Job nach dem anderen, und wenn ich einen Liebhaber mit nach Hause nahm, ließ ich die Nachttischlampe an. Mir war aufgefallen, wie schlecht es ankommt, wenn du im Dunkeln den falschen Namen sagst.

Wenigstens hatte ich eine ordentliche Erziehung genossen …

Ein paar Worte wechseln. Beim Kommen und Gehen die Hand geben. Mund halten, wenn Erwachsene sich unterhalten. Bedanken, wenn man etwas geschenkt bekommt.

Für meine Mutter waren das Selbstverständlichkeiten. Die Grundideen für den Umgang mit seinen Mitmenschen. Ich habe niemals jemanden getroffen, der so mild und bescheiden war, was sein eigenes Leben anging. Mam hatte Verständnis für alles und jeden. Es gab immer einen Grund dafür, jemand anderen vorzulassen. Auch in dem Pflegeheim, in dem sie allein auf einem Zimmer lag und schleichend vor Schmerzen krepierte. Ich saß jeden Tag an ihrem Bett – es war ein paar Wochen vor den Sommerferien, ich denke, dass Pa etwas mit der Schule vereinbart hatte –, und was ich sah, hätte das Pflegepersonal ebenfalls sehen können: eine Frau, die auf Kosten ihres Lebens ihre Ehre bewahrte. Doch jeder fiel darauf rein, und so war sie immer die Letzte, die an die Reihe kam.

»Frau Veermann kann noch ein bisschen warten.«

»Frau Veermann ist so umgänglich.«

»Euthanasie? Wir haben nicht das Gefühl, dass Frau Veermann unerträglich leidet. Außerdem hat sie nicht diesen Wunsch geäußert.«

Nein, was für ein Wunder aber auch, Frau Veermann würde für sich selbst nie etwas einfordern, kein Glas Wasser und erst recht nicht eine Erlösung von ihrem Leid, das sie manchmal leise vor sich hinächzen ließ.

Aber ich sah die Abdrücke ihrer Nägel in den Handflächen. Ich sah sie jeden Tag, und ich versuchte, sie wegzuküssen, einen nach dem anderen. Ich wusste, wie schrecklich es für sie war, die Inkontinenz-Windeln zu tragen. Sie fing immer leise an zu weinen, wenn sie musste und es nicht länger anhalten konnte. Sie ließen sie stundenlang in ihren nassen Windeln liegen. Meine Mutter, die immer für jeden da gewesen war, die ihre eigenen Interessen stets hintenangestellt hatte. Und noch immer kam ihr kein schlechtes Wort über die Versorgung über die Lippen. »Die Mädchen haben so viel zu tun hier, die können auch nichts dafür.«

Die Schmerzmittel halfen schon lange nicht mehr. In dem Scheißpflegeheim ging man mit den Morphinen sparsam um, weil sie das Leben verkürzen. Und das wollten sie ja nicht, stell dir mal vor, man würde jemandem ein paar Wochen ersparen!

Einmal saß, als ich hereinkam, der Pfarrer an ihrem Bett, und ich sah an ihrem Gesicht, dass sie sich geehrt fühlte, weil er extra nur für sie ins Pflegeheim gekommen war. Da ich neugierig war, was er so zu bieten hatte, setzte ich mich zu ihnen. Es ging um unser Leben, das in Gottes Händen liegt.

Über das Leiden, das in den Augen der Menschen sinnlos ist, dessen wirkliche Bedeutung uns aber verborgen bleibt, da sie in den Tiefen Seiner Weisheit liegt. Mam starrte ihn an, mit Augen, die vom Schmerz trübe geworden waren.

Mitten durch sein Gebet hindurch sendete ich Gott eine Nachricht.

»Falls es dich gibt, dann schick bitte jetzt einen Blitz herunter, einen Treffer bitte, dann werde ich dich den Rest meines Lebens auf Knien anbeten.«

»Amen«, sagte Pfarrer Vlerkens.

Und ich verstand, warum du zwar »Doc« zu einem Doktor, einen Pastor aber nie salopp anreden dürfest. Das wäre einfach zu persönlich.

Inzwischen glänzte Pa durch Abwesenheit. Die beiden hatten sich sehr geliebt, und ich denke, dass er sie in der letzten Zeit sogar mehr denn je geliebt hatte. Aber er verkraftete es nicht. Ich sah, wie ihm die Farbe aus dem Gesicht wich und ihm die Beine wacklig wurden, wenn er ihr Zimmer betrat und ihr ausgezehrtes Gesicht in den weißen Kissen sah. Er hatte veranlasst, dass jede Woche ein Strauß frischer Blumen neben ihrem Bett stand, und dass sie durch die Krankenpflege verwahrloste, wollte er nicht glauben. Das Haus hatte einen guten Namen, wie konnte ich mir, als Sechszehnjährige, ein Urteil darüber erlauben. Es war nutzlos, ihm zu erzählen, dass sie nicht aß, wenn ich sie nicht fütterte. Jemand vom Personal stellte ein Tablett mit Essen neben ihr Bett, das dann eine halbe Stunde später wieder abgeholt wurde. Ob nun davon gegessen worden war oder nicht, fiel ihnen, denke ich, nicht auf.

Ich saß neben meiner Mutter und fütterte ihr kleine

Häppchen in den Mund, zu denen ich kleine Geschichten und Witze erzählte. Wenn sie von jedem Happen die Hälfte herunterschluckte, war ich zufrieden. Den Rest wischte ich ihr von Lippen und Kinn ab.

Als mir klar wurde, wie selten sie gewaschen wurde, machte ich das selbst. Das kostete mich dann doch einige Überwindung. Junge Frauen wollen nicht wissen, wie ihr Körper verfallen kann. Mam war deutlich unterernährt, ihre Brüste waren schlaff, ihr Bauch bestand nur noch aus faltigen Hautlappen. Ich biss mir auf die Lippen, als ich sie zwischen den Beinen wusch und abtrocknete.

Ich denke nicht, dass ich in meinem Leben noch einmal so viel Liebe für jemanden empfinden werde.

Der Sommer flog vorüber, in dem Heim war es stickig, und die Welt draußen kam mir vor wie ein anderes Leben, in dem ich nichts mehr zu suchen hatte. Veer und Noor hatten am Anfang noch ab und zu auf den Anrufbeantworter gesprochen, aber nach dem letzten Schultag hörten die Nachrichten auf, und ich wusste, dass ich sie erst dann wiedersehen würde, wenn das neue Schuljahr anfing. Während die ganze Welt in die Ferien fuhr, wohnte ich fast in dem Pflegeheim. Dies wurde geduldet, weil ich dem Pflegepersonal eine ganze Menge Arbeit abnahm. Erst nach dem Abendessen, nachdem ich sie für die Nacht noch etwas frisch gemacht hatte, ging ich nach Hause.

Dort war es staubig, verwahrlost und ungemütlich. Kein Wunder, dass Pa so wenig wie möglich da war. Wir liefen uns in der Küche über den Weg, wenn wir uns etwas aus dem Kühlschrank holten. Er sorgte dafür, dass immer Brot da war, Käse, ein Stück Fleisch und etwas Obst.

Er war bemitleidenswert in seiner Verzweiflung und Unfähigkeit, aber ich hatte selbst keine Kraft mehr übrig, die ich ihm hätte geben können. Mir war es lieber, dass ich ihn nicht sah, legte mir etwas zu essen auf den Teller und aß in meinem Zimmer.

Dass es ihm gelang, sogar abwesend zu sein, als meine Mutter starb, kam mir eigentlich sehr gelegen. Ich war als Einzige bei ihr. Wenn man so lange und so oft am Krankenbett von jemandem gesessen hat, weiß man genau, was dort vor sich geht. Ich hörte an Mams Atmung, dass sich etwas veränderte. In den vergangenen Tagen war es mir nicht gelungen, sie zum Essen zu motivieren. Sicherheitshalber hatte ich einen Teil des Essens weggeworfen, um kein Misstrauen zu erwecken. Trinken ging auch nicht mehr. Ich befeuchtete einen Waschlappen und benetzte damit ihre Lippen. Manchmal leckte sie mit ihrer ausgetrockneten Zunge daran, und dann drückte ich aus dem Waschlappen vorsichtig ein paar Tropfen zwischen ihre Lippen. Ich erzählte niemandem, dass ich das Gefühl hatte, dass sie im Sterben lag. Ich hatte bereits ein paar Mal miterlebt, was dann passierte, wie Menschen ein paar Zimmer weiter reanimiert wurden. Wer mit Tieren so umgeht, würde als Tierquäler in die Zeitung kommen.

Ich war fest entschlossen, dass ich niemanden mehr an meine Mutter heranlassen würde. Es reichte; sie hatten sie lange genug sitzen lassen, jetzt war es zu spät.

Kurz bevor sie starb, hörte ich ein brodelndes Geräusch, woraufhin ein abscheulicher Gestank den Raum erfüllte.

In dem Moment kam eine Krankenschwester herein, die Mams Handgelenk ergriff und das Laken zurückschlug.

»Was machen Sie da?«

»Deine Mutter muss sauber gemacht werden.«

Ich zog das Laken wieder über sie herüber.

»Meine Mutter wird nicht sterben, während ihr der Hintern gewaschen wird.«

»Ich tu das doch nur für dich. Für deine Mutter wird das nicht mehr wichtig sein.«

»Lassen Sie uns in Ruhe.«

Sie lief aus dem Zimmer.

Mam öffnete die Augen, ich wusste genau, dass sie in diesem kurzen Moment bei klarem Verstand war. Sie lächelte mir zu und schloss sie wieder.

Das sanfte, sausende Geräusch ihres Atmens stoppte.

Gerade rechtzeitig, denn im nächsten Moment ging die Tür auf, und dort stand tatsächlich der Doktor.

»Wir haben gewonnen, Mam!«, flüsterte ich ihr triumphierend ins Ohr, danach musste ich gehen. Als ich sie wiedersehen durfte, hatten sie sie ordentlich hingelegt, ihr ein sauberes Nachthemd angezogen und ihr die Haare gekämmt. Sie sah fremd aus, beinahe wie jemand anderes. Aber ihr Lächeln war noch immer da. Ich habe ihre Hände genommen und zum letzten Mal die kleinen gebogenen Striche ihres Schmerzes geküsst.

Seitdem ist mir scheißegal, was Menschen von mir denken.

Nach dem Tod von Mam kam ich zu einer entfernten Tante. In unserem eigenen Haus bin ich nur noch in den Tagen vor der Beerdigung gewesen. Meine Sachen hatte ich bereits gepackt.

Von der Beerdigung ist mir vor allem im Gedächtnis geblieben, wie fröhlich Menschen werden, wenn zu ihnen durchdringt, dass der Kelch wieder einmal an ihnen vorübergegangen ist. Mir kondolierten sie mit Tränen in den Augen, und eine Minute später standen sie bei Kaffee und Kuchen fröhlich zusammen und quatschten. Pa machte bei alldem nicht mit. Er sah aus, als würde er jeden Moment zusammenbrechen. Ich war nicht mehr als zehn Minuten beim Leichenschmaus hinterher in der Cafeteria dabei, denn dort hatte ich das Gefühl zu ersticken. Als ich mich an der Tür noch einmal umdrehte, sah ich, dass Pa zu mir herübersah. Er bewegte den Mund, aber natürlich konnte ich nicht hören, was er sagte.

Tante Aleid hatte mir glücklicherweise den Schlüssel gegeben. Ich hatte mich in dem, was einmal mein Zimmer werden sollte, aufs Bett gesetzt und gewartet, bis sie nach Hause kam.

Es war eine schöne Beerdigung, sagte sie. Und wie wunderschön Pastor Vlerkens am Grab gesprochen hatte!

Dieses Mal hatte ich Gott keine Nachricht geschickt, aber er hätte ja auch von sich aus den Ast, unter dem Vlerkens stand, herabstürzen lassen können. Man muss doch nicht immer warten, bis jemand einen um etwas bittet. Aber nichts dergleichen passierte. Das Wetter war schön, über uns brummte ein Flugzeug, die Vögel sangen, als wäre es ein ganz normaler Sommertag, und die Kleider, die ich trug, waren zu warm. Während mir der Schweiß über die Stirn lief, lauschte ich mit wachsender Wut seinen Worten. Wäre ich nicht selbst dabei gewesen, hätte ich tatsächlich geglaubt, dass er Tag und Nacht an Mams Bett gesessen hatte. Mit Vlerkens war das Sterben schön, das war in etwa seine Botschaft.

Pa hatte ihn engagiert, oder wie auch immer man das bei Pastoren macht. Mam hätte es so gewollt, sagte er. Ich denke, ehrlich gesagt, dass er damit sogar recht hatte, und setzte dem nichts entgegen. Aber als er in der Feierhalle auf mich zukam, habe ich mich weggedreht. Der gläubige Teil der Familie lag unter der Erde, ich hatte ihm weiter nichts zu sagen.

Ich habe mein Abitur tadellos bestanden, nicht weil es mir nötig erschien, sondern weil man ja irgendetwas tun muss, um die Tage herumzukriegen. Weil Pa davon ausging, dass ich bestehen würde, war ich an der Universität eingeschrieben. Psychologie, das könnte was sein. Ich habe genau einen Monat lang die Vorlesungen besucht, danach hatte ich die pseudo-interessierten Teenies um mich herum so satt, dass ich mir einen Job suchte.

Pa kannte Anja zu der Zeit schon. Ich wusste es von Tante Aleid, noch bevor er es mir erzählte. Als er mit einer hüstelnden, ungeschickten Einleitung anfing, sagte ich, dass es mir scheißegal war, was er tat.

Später hörte ich, dass er mit ihr zusammen in unserem Haus wohnte, und da platzte mir dann wirklich der Kragen.

Er erschrak zu Tode, als er mich sah, und ich stand wie festgenagelt da, denn das große Foto von Mam, das immer im Wohnzimmer gehangen hatte, war in den Flur verbannt worden.

»Du siehst, sie ist nicht vergessen«, sagte er.

Aus dem Zimmer heraus rief eine träge Frauenstimme seinen Namen.

»Ich will nie mehr etwas mit dir zu tun haben«, sagte ich.

»Das Leben geht weiter!«, rief er meinem abgewandten Rücken zu.

5 Ich sprang über meinen eigenen Schatten und rief Pé auf seinem Handy an, aber er hatte seine Mailbox zwischen uns geschaltet. Ich lauschte der neutralen Frauenstimme, die höflich die Pause einleitete, in der er seinen Namen aufsprechen konnte. Kein Mensch tut das auf eine normale Art und Weise. Meiner Meinung nach leidet jeder an Lampenfieber – wenn der große Moment kommt, dass man den Mund öffnen darf, um seinen eigenen Namen auszusprechen. Eine etwas zu lange Pause, Luftholen und dann der mit feierlicher Stimme ausgesprochene Name. Als würde man vor dem Standesbeamten das Ja-Wort sprechen. Pé war da keine Ausnahme. Ich hörte auf die einstudiert lässige Art, wie er sich selbst ansagte, und bereute mit einem Mal meinen Versuch, mit ihm Kontakt aufzunehmen. Was für eine lächerliche Art zu sprechen. Aber ein Zurück gab es nicht mehr, das ist das Fatale an diesen modernen Kommunikationsmitteln. Meine Nummer war jetzt in seinem Telefon gespeichert. Wer nicht zurückruft, tut das aus vielerlei Gründen, aber nicht, weil er schlicht und einfach nicht weiß, dass er angerufen wurde. Und Pé rief nicht zurück, sodass ich mich erniedrigt und beschämt fühlte.

Ich hatte etwas gegen die neuzeitliche Art der Kommunikation. Sie ging mir zu schnell, und es gab keinen Weg zurück. Das Fax hatte, was das betrifft, noch einige Möglichkeiten geboten; ein paar Mal habe ich einen Bogen Papier aus der ratternden Maschine zurückgezerrt, weil ich es mir doch anders überlegt hatte. Bei einer Mail ist das unmöglich. Ein Druck auf die Taste, und schon ist es passiert. Und während ich dann noch dabei bin, mir vor Ärger die Haare zu raufen, liest der andere bereits meine Nachricht.

Ich warf mein Handy aufs Sofa und setzte mich daneben. Alles in mir verlangte danach, irgendwie aktiv zu werden, aber ich wusste nicht, wie. Ich war mir nicht einmal sicher, ob er noch bei diesem Freund wohnte.

Eigentlich wusste ich gar nichts. Ich steckte randvoll mit Emotionen, aber ob es Traurigkeit, Wut oder Liebe war, konnte ich nicht wirklich definieren.

Die Post, die seit seinem Aufbruch täglich vor der Tür lag, hatte ich wochenlang ordentlich gestapelt und aufgehoben. Jetzt schrieb ich aus einem Impuls heraus »Adresse unbekannt« auf alle Umschläge. Der ganze Haufen landete dann im Postkasten. Es waren Steuerbescheide dabei, und ich hoffte, dass die Jungs dort schon wissen würden, was sie mit jemandem zu tun hätten, der auf einmal, wenn er zur Kasse gebeten wurde, nicht mehr unter seiner Adresse erreichbar war.

Ich war noch immer von Rachegedanken erfüllt. Pé hatte mich sitzen lassen und, was noch viel schlimmer war, er gab mir nicht die Gelegenheit, ihm zu sagen, dass auch ich von ihm die Nase voll hatte.

Grübelnd lief ich durch sein Arbeitszimmer und überlegte, was ich tun könnte. Sein empfindlichster Punkt waren seine Bücher, ich denke, dass er sie noch ein kleines bisschen mehr liebte als mich in unseren besten Zeiten.

Ich zog in Erwägung, das Bad volllaufen zu lassen und da seine ganze Pléiade-Reihe reinzuschmeißen. Wenn er nach Hause kam, konnte ich immer sofort erkennen, wenn er eine neue Ausgabe zu seiner Sammlung hinzugefügt hatte. Die Art, wie er solch ein Buch auspackte und in der Hand hielt: den Buchrücken auf den Mittelfinger seiner linken Hand gestützt, Daumen und Zeigefinger unten an der Vorderseite, und auf Ringfinger und kleinem Finger ruhte die Rückseite. Es gibt Väter, die mit ihrem neugeborenen Kind lässiger umgehen.

Bücher, die Pé kaufte, blieben aufgeschlagen auf seiner Hand liegen, ohne dass die Seiten hochflatterten. Das kennzeichnete seiner Meinung nach eine schöne Ausgabe. Er konnte über seine Bücher geradezu in Verzückung geraten.

»Sieh dir das an, was für ein prächtiger Druck! Schau nur, dieser Band hier!«

Ich musste vorsichtig die Seite befühlen. Bibelpapier nannte er das. Und ich konnte nicht anders, als ihm beizupflichten, dass es sich wirklich um eine fachmännische Meisterleistung handelte.

Wenn ich sehr gut auf ihn zu sprechen war, kaufte ich solch ein Buch für ihn. Die gesammelten Werke von Jacques Prévert war das erste, vor vielen Jahren. Ich wusste damals noch nicht, dass er den Text von »Les feuilles mortes« geschrieben hatte. Ich wusste so viel nicht, und was das angeht, bin ich in meinem Leben ziemlich konsequent gewesen. Niemand wird bei mir ein Übermaß an abrufbarem Wissen feststellen, mir einen Überfluss an kulturellem Gepäck nachsagen können. Aber ich mochte es, wenn er mir im Bett vorlas. Coplas von Hendrik de Vries. Und auf mein Bitten hin sagte er regelmäßig das hübsche kleine Gedicht von Van Schagen auf, das ich natürlich schon längst auswendig konnte, aber so gerne aus seinem Mund hören wollte:

Traurigkeit
Siehst du nicht
Du bist es
Manchmal gewöhnt man sich daran
Manchmal nicht.

Jetzt war ich allein mit den ganzen Büchern, die noch in seinen Schränken standen, und ich nahm auf gut Glück eins nach dem anderen heraus und blätterte darin herum.

Menschen wie ich sagen zu Menschen wie Pé immer wieder: »Meine Güte, hast du die alle gelesen?« Eine Frage, mit der du dir jedermanns tiefe Geringschätzung aufhalst.

Übrigens bin ich noch nie jemandem begegnet, der wirklich all seine eigenen Bücher gelesen hat. Buchliebhaber sind Junkies, die an keiner hübschen Ausgabe vorübergehen können. Mit gierigen Augen betreten sie Antiquariate, immer auf der Suche nach der einen Erstausgabe, die sie für einen Spottpreis erwerben können. Sie haben mehr Bücher, als sie jemals lesen können. Das kann man anhand einer simplen Rechenaufgabe beweisen.

Pés Büchern etwas anzutun war schlimmer, als ihm selbst eins auszuwischen, und jegliche Chancen, dass es zwischen uns jemals wieder etwas werden könnte, hätte ich damit unwiderruflich zerstört. Also ließ ich es bleiben, aber vielleicht hätte ich es ohnehin nicht übers Herz gebracht, denn einen Mord an einem Buch zu begehen ist kein Pappenstiel.

Minka rief an, als ich von meiner letzten Runde mit Wusel zurück war. Ich hatte ihn schon abgeleint und hielt gerade seinen Trinknapf unter den Wasserhahn, als das Telefon klingelte.

»Tess? Meine Schwiegermutter hatte einen Schlaganfall. Sie liegt im Krankenhaus, ich muss jetzt sofort dorthin fahren. Roel ist in Venezuela. Könntest du zu mir kommen, ich weiß sonst niemanden, der bei den Kindern sein kann.«

»Dann muss ich aber Wusel mitnehmen.«

»Das ist kein Problem, wie schnell kannst du hier sein?«

»Zwanzig Minuten.«

»Ich lege den Schlüssel unter die Fußmatte.«

Sie legte auf. Ich schmiss aufs Geratewohl ein paar Sachen in eine Reisetasche, und fünf Minuten später saß ich im Auto, Wusel auf der Rückbank. Es war wenig Verkehr, um diese Zeit waren neunzig Prozent der Menschheit gerade dabei, ins Bett zu gehen.

Ich hatte Menno und Sander zwar regelmäßig gesehen, aber dass sie akzeptieren würden, mich anstelle ihrer Mutter mitten in der Nacht neben ihrem Bett vorzufinden, bezweifelte ich. Und Papa war auch nicht da. Wie erklärt man das zwei sechsjährigen Jungs?

Natürlich hatte Minka keine Zeit gehabt, einen Brief für mich zu hinterlassen. Ich wusste nicht mal annähernd, wie die Dinge hier im Hause liefen. Keine Ahnung, was die Jungs zum Frühstück bekamen, wo ihre Schule war, um wie viel Uhr sie anfing oder was sie mitnehmen mussten. Blieben sie nach dem Unterricht noch dort? Nein, das auf jeden Fall nicht; letztens beim Geburtstagskaffee von Veer musste Minka schnell weg, weil die Schule zu Ende war.

Ich parkte das Auto vorm Haus und nahm meine Reisetasche heraus. Minka hatte fast überall Licht angelassen. Wo wohl das Kinderzimmer war?

Wusel machte Platz, während ich den Schlüssel zwischen einem Haufen Sand, Erde und welkem Laub unter der Fußmatte suchte. Ihm war es egal, was ich tat und wo wir waren, solange ich nur bei ihm war. Gäbe es bloß mehr Lebewesen mit dieser Eigenschaft in meinem Leben!

Ich betrat das Haus und nahm sofort den scharfen Geruch von Angebranntem wahr. Dicker Qualm erfüllte den Gang.

In der Küche stand ein Topf auf der Gasflamme mit einer undefinierbaren Kruste darin. Ich drehte den Herdschalter aus, machte das Küchenfenster auf und ging ins Wohnzimmer. Die Tapeten an der Wand waren andere als die, an die ich mich erinnerte, und auf runden Tischchen an jeder Seite des Sofas, mit bis auf den Boden herunterreichenden Tischdecken, die verhüllten, dass es sich um ineinandergenageltes MDF vom *Hubo*-Baumarkt handelte, standen Dutzende von Familienfotos. Auf jedem davon war einer der Zwillinge zu sehen. Mit Oma und Opa. Mit einer anderen Oma und einem anderem Opa. Mit einem Haufen von Kindern auf einem Fest. Mit Minka und Roel. Als Baby, als Kleinkind, als Vorschulkind.

Ich setzte mich aufs Sofa, Wusel zu meinen Füßen.

Ein merkwürdiges Gefühl, allein im Haus von anderen Leuten zu sein. Ich hatte Lust auf ein Glas Wein, hatte aber keine Ahnung, wo die Gläser standen und wo ich den Wein finden konnte.

Ich würde hier auf jeden Fall diese Nacht schlafen. Ob es

wohl ein Gästebett gab? Oder gingen sie davon aus, dass ich mich ins Bett von Minka und Roel legen würde? Und was, wenn sie dann im Laufe der Nacht nach Hause kam?

Ich würde Handtücher aus dem Wäscheschrank holen und im Badezimmer Minkas Sachen zur Seite schieben müssen, um Platz für meine eigenen zu machen.

Das war alles noch nichts, verglichen mit dem Furchtbarsten aller Dinge: zwei kleinen Jungs erzählen, dass sie von Mama und Papa im Stich gelassen worden waren, denn so würden sie sich garantiert fühlen.

Ich dachte an Minka, die jetzt am Bett ihrer Schwiegermutter saß, anstatt deren zwei Töchter, die die Ausrede benutzten, dass sie arbeitende Mütter sind, um zu verhüllen, dass sie ihre Mutter eigentlich nie gemocht haben. Eine frostige Familie, in der Minka sich auch nach Jahren noch immer als Fremde fühlte.

Sie hatte mir Beispiele erzählt von der Geringschätzung, mit der sie von ihren Schwägerinnen behandelt wurde. Sie ist die Glucke, die mit einem Leckerli in der Hand bei Wind und Wetter Kindern beim Überqueren der Straße hilft, anstatt im Kostüm eine Betriebsratsversammlung zu protokollieren. Die Schnepfe, die auf Klassenreisen mitfährt. Der Trottel, der Flügel aus Gaze für die Engelchen im Krippenspiel bastelt. Der Hanswurst, den man anrufen kann, wenn man im Stau steht: »Ach Mink, sei doch so gut … die Versammlung ging länger, und nun stecke ich fest auf der A2, und Petra muss zum Ballett.«

Die ewige Schwiegertochter, stets gut genug, um anzutanzen, wenn etwas Unangenehmes erledigt werden muss, und die nun neben dem Krankenbett einer Frau saß, die das nicht wirklich zu schätzen wusste.

Irgendwo in der Straße erklang Gebell, und bevor ich begriff, was da vor sich ging, schoss Wusel laut kläffend wie eine Rakete zum Fenster. Er legte seine Pfoten auf die Fensterbank, um nach draußen zu gucken. Eine mit Pflanzen gefüllte Glasschüssel fiel mit einem lauten Schlag auf den Boden und ging zu Bruch. Ich hörte noch etwas anderes, aber durch das Gebell wusste ich nicht genau, was es war.

»Ruhe!«, schrie ich wütend.

Er verstummte und guckte an mir vorbei Richtung Tür.

Ich drehte mich um. In der Türöffnung stand ein Junge in einem grauen Schlafanzug, mit wirren Haaren, in der Hand einen knallroten Lamborghini.

Eine Sekunde lang sah er von mir zu Wusel, ohne zu reagieren. Dann verzog sich sein Gesicht, sein Mund öffnete sich weit, und er produzierte ein Geschrei von einem Volumen, das man aus solch einem kleinen Körper nicht erwartet hätte.

Ich lief auf ihn zu, aber Wusel kam mir zuvor. Er ist verrückt nach Kindern, und seine große Schnauze schnüffelte interessiert an dem lustig aussehenden kleinen Wesen, das jetzt vor lauter Kreischen nach Luft schnappte und beinahe erstickte.

Ich schubste Wusel zur Seite und versuchte, den Jungen auf den Arm zu nehmen, aber das wollte er natürlich nicht. Er drehte sich um und rannte kreischend die Treppe hinauf, wo im selben Moment sein Bruder brüllend herunterkam, einen Plüschaffen unter dem Arm.

Auf halber Treppe wurden sie zu ihrem lärmenden Spiegelbild. Wusel sprang fröhlich bellend um mich herum, das war doch mal endlich etwas anderes als die langweilige Stille, die er bei mir gewohnt war.

Ich gab ihm einen Klaps und setzte mich auf die unterste Treppenstufe, den Kopf auf den Knien.

Über mir ging das Gekreisch weiter. Mir wurde bewusst, dass ich gerade dabei war, diesen Kindern ein Trauma zu verpassen, aber mir wollte partout nichts einfallen, wie ich die Situation in die richtige Bahn hätte lenken können.

Ich weiß nicht, wie lange wir dasaßen, aber das Geheul hinter mir nahm allmählich normalere Formen an und verstummte schlussendlich.

Stille.

Ich blieb sitzen. Wusel wie ein Standbild neben mir.

»Eure Mama hat mich gebeten herzukommen. Sie musste ganz plötzlich weg«, sagte ich, ohne mich umzudrehen.

Stille.

»Es tut mir wirklich leid, dass ihr euch so erschrocken habt.«

Stille.

»Der Hund heißt Wusel. Er tut nichts.«

Ich drehte mich um. Die Jungs, eng aneinandergedrängt, zogen sofort auf eine höhere Stufe um, aber wenigstens liefen sie nicht weg.

»Ihr kennt mich doch, oder?«

»Wo ist Mama?«

»Bei Oma, die ist plötzlich krank geworden, und darum ist Mama zu ihr gefahren. Ins Krankenhaus.«

»Muss sie sterben?« Es war der Affe, der sprach. Der Lamborghini schreckte davon zusammen.

»Muss sie sterben?«, echote er.

»Man kommt ins Krankenhaus, damit es einem wieder besser geht.«

Stille.

Ich stand auf. Die Kinder erstarrten, blieben aber auf der Treppe sitzen.

»Ich gehe mal etwas zu trinken suchen. Ich habe solchen Durst, aber ich kenne mich hier nicht aus.«

»Im Kühlschrank ist Cola.«

»Wollt ihr auch?«

Sie nickten. Es war unglaublich, selbst ihre Bewegungen waren synchron.

Ich lief in die Küche, ohne mich umzusehen. Wusel immer dicht neben mir.

Es dauerte eine Weile, doch dann hörte ich ihre kleinen Füße die Treppe herunterkommen.

Es war ein herzzerreißender Anblick.

Sie saßen auf ihren Küchenstühlen, die Händchen um ein großes Glas Cola gelegt, blaugraue Schatten unter den Augen.

Ab und zu ließ ein Nachschluchzer, der bis in ihre schmächtigen Schultern zog, sie erbeben.

Und dann hörte man den Affen, wie er mit einem dünnen Stimmchen zu seinem Bruder sagte: »Toll, oder?«, während er ein Stückchen von seinem Mini-Mars abknabberte, das sie auch nicht jede Nacht bekamen.

Vielleicht war es nur gut, dass ich keine Kinder hatte. Ich würde den ganzen Tag vor Rührung dahinfließen.

Ich sah auf die Uhr. Vielleicht konnte ich sie morgen zu

Hause lassen, in der Schule musste ich schließlich keine Rechenschaft ablegen, ich war ja nicht ihre Mutter.

Sie knabberten ihr Mars auf und tranken den letzten Schluck aus dem Glas, das sie solange über ihre Köpfe hielten, dass es aussah, als wären sie gerade dabei, die Sterne zu studieren.

»Leer ...«, stellten sie enttäuscht fest.

»Und jetzt müsst ihr wieder ins Bett«, sagte ich.

Sie warfen synchron einen bedenklichen Blick auf Wusel, der ausgestreckt im Türrahmen lag.

»Er tut nichts, oder?«, fragte Lamborghini, der Sander hieß oder vielleicht auch Menno.

»Nichts, oder?«, echote der Affe, der Menno hieß oder vielleicht auch Sander.

»Ganz und gar nichts. Aber wenn ihr euch fürchtet, bringe ich ihn einfach ins Wohnzimmer, dann müsst ihr nicht an ihm vorbeigehen.«

Sie nickten dankbar, ich konnte ihnen ansehen, dass sie mich ganz in Ordnung fanden.

Ich scheuchte Wusel ins Wohnzimmer und ging davon aus, dass er so schlau sein würde, nicht durch die Scherben und die Erde zu laufen.

»Soooooo«, sagte ich beschwörend. »Das wäre erledigt.«

Meine Stimme sang ein bisschen, es fehlte nicht viel, und ich würde anfangen zu säuseln: »Ab ins Bettchen.« »Schnell Pipichen.« »Träumt süß.«

Man musste selbst keine Kinder haben, um die Sprache zu entdecken.

Im Badezimmer machten sie brav Pipi.

Wie große Jungs standen sie nebeneinander vor dem Klo, ihre rührenden kleinen Pimmel reichten nicht einmal über den Porzellanrand herüber.

»Sfoo ... Hände waschen«, jetzt fing ich verdammt noch mal schon an zu lispeln.

Sie schliefen zusammen in einem Zimmer. In zwei kindlich verspielten Betten, die ich garantiert selbst gekauft hätte, hätte ich nicht frühzeitig beschlossen, die letzte Chance auf Mutterschaft an mir vorbeiziehen zu lassen.

»Wann kommt Mama?«

»Mama kommt wieder.«

»Und Papa?«

»Papa kommt auch wieder.«

Ich strich ihnen übers Haar. Einen Moment zögerte ich, ich hätte ihnen gern einen Kuss gegeben, aber vielleicht hätten sie sich erschrocken, wenn sich so ein großer, fremder Kopf über sie gebeugt hätte.

An der Tür machte ich das Licht aus.

Sie schossen hoch.

Oh Mist, natürlich, Licht an.

Sie legten sich wieder hin.

»Schlaft gut. Wusel passt auf.«

»Auf dich auch?«

»Das tut er immer, das kann er sehr gut. Und jetzt passt er auch auf euch auf.«

»Wusel ist lieb«, beschlossen sie scheinheilig.

Ich ging aus dem Zimmer.

»Tür anlehnen ...«

»Ist gut.«

»Wenn wir rufen, hörst du uns dann?«

»Ruft doch mal!«

Sie kicherten und riefen daraufhin aus vollem Hals »Mama!«

»Ja, ich hab's gehört!«

Ich lief nach unten. Wusel würde die Nacht in der Küche verbringen müssen, bei geschlossener Tür. Ich mag erst gar nicht daran denken, wie er am Morgen seinen Kopf in die Bettchen stecken würde, um zu gucken, ob dort schon jemand wach war.

Um drei Uhr rief Minka an.

Ich war gerade eingeschlafen. Erst hatte ich die Scherben und die Erde weggekehrt und die Pflanzen in einen Eimer mit Wasser gestellt. Danach hatte ich mich auf die Suche nach einem Gästezimmer gemacht. Nirgends etwas zu finden, daher hatte ich mich dann in das große Bett gelegt, auf der Seite, wo das Kopfkissen nach White Linen roch. Es war gut, dass sie mich aufweckte, denn ich hatte mich gerade in einem aussichtslosen Traum verfangen.

»Wie geht es den Jungs?«

»Gut, sie sind aufgewacht.«

»Was haben sie gesagt, als sie dich gesehen haben?«

»Ach, das war ganz in Ordnung. Ich habe es ihnen erklärt, und das haben sie dann auch verstanden.«

»Und der Hund? Sander hat eine Heidenangst vor Hunden.«

»Den finden sie lieb. Das ist er auch. Aber wie geht es deiner Schwiegermutter?«

Ihre Stimme veränderte sich.

»Stabil. Aber noch immer in Lebensgefahr. Die kommenden Stunden sind entscheidend. Es ist ziemlich wahrscheinlich, dass einige Organe geschädigt worden sind.«

Solange sie in diesem Krankenhaus blieb, würde sie regelmäßig auf dem Laufenden gehalten werden.

»Ich kann hier vorläufig einfach nicht weg.«

»Das brauchst du auch nicht. Ich bin ja hier.«

»So ein Ärger aber auch, dass meine Mutter arbeitet und mein Vater zwei linke Hände hat. Was das betrifft, habe ich überhaupt nichts von ihnen. Aber ich werde versuchen, so schnell es geht, jemand anderen zu organisieren.«

»Das lässt du schön bleiben!«, sagte ich wütend. »Ich habe mich nicht mitten in der Nacht aus dem Bett gequält, um hier für eine Nacht den Babysitter zu spielen.«

»Tess, ich weiß wie schwierig das für dich ist.«

»Minka, die Kinder haben genug zu verarbeiten gehabt. Wir verstehen uns prima. Morgen gehen wir auf den Spielplatz.«

»Kennst du denn einen Spielplatz?«

»Oh ja, einige!«, erwiderte ich.

Ich schlief tief und fest, als jemand meinen Arm berührte.

»Ich habe ins Bett gemacht!«

»Ich auch«, ertönte eine identische Stimme aus dem Dunkel.

Ich knipste die Nachttischlampe an.

Sie waren so patschnass, dass ich mir keine Illusionen über den Zustand machte, in dem sich ihr Bettzeug befand.

»Ihr braucht doch wohl keine Windeln mehr?«

Sie schüttelten eifrig den Kopf.

»Aber wir kriegen nie was zu trinken vor dem Schlafen.«

Diese absolute Unbefangenheit, mit der sie mir die Schuld in die Schuhe schoben, war verblüffend. Wenn das in diesem Alter schon in ihnen drinsteckte, welche Illusionen konnte man dann noch über erwachsene Männer hegen.

Ich stieg aus dem Bett, vom Schlafmangel ganz schwindelig. Nächte durchmachen ist noch nie meine große Stärke gewesen.

Es war genau so, wie ich befürchtet hatte: Klatschnasse Laken lagen zusammengeknäult in ihren Betten, aber glücklicherweise befanden sich dort Gummiunterlagen zwischen Bettlaken und Matratze.

Ich zog die Betten ab. Im Badezimmer hatte ich eine Waschmaschine stehen sehen. Ich stopfte das Bettzeug hinein. Und jetzt?

»Wo habt ihr saubere Schlafanzüge?«

Hilfsbereit zogen sie eine Schublade auf.

»Wem gehört Donald Duck und wem Micky Maus?«

Sie nahmen sich ihre Pyjamas.

»Okay, nasse Schlafanzüge aus, saubere an.«

»Du musst uns erst waschen. Das macht Mama auch immer.«

»Unter der Dusche?«

Sie nickten.

Eine halbe Stunde später waren sie sauber und trocken. Immer wieder nickten sie auf der Kante des großen Bettes ein. Jetzt noch kurz zwei Betten machen. Herrje, ich konnte nicht mehr.

»Dürft ihr manchmal auch in dem großen Bett schlafen?«

Sie zögerten, sahen einander an und ergriffen die Chance.

»Na klar!«

Kurze Zeit später lagen wir zu dritt in dem großen Bett.

Ich saß vollkommen erschöpft am Frühstückstisch, aber die Kids hatten ihren Spaß.

»Wir kriegen jeden morgen ein Ei«, sagte der Affe, der ganz deutlich der größere Frechdachs der beiden war.

Ich sah ihn an.

»Weißt du, dass ich dir kein Wort glaube?«

Sie quietschten vor Lachen, Brotstückchen flogen aus ihren aufgesperrten Mündern, ich fühlte mich auf einmal wie eine Vogelmutter in ihrem Nest.

»Aber wir essen das so gerne«, sagte Lamborghini. Oder zumindest nehme ich an, dass er es war, denn Affe und Auto lagen nebeneinander auf der Fensterbank.

»Dann koch ich euch doch einfach ein Ei.«

Sie guckten erfreut. So wenig bedarf es also, um einem Kind einen Gefallen zu tun.

Ich stand auf, um Eier aus dem Kühlschrank zu holen. Ich war total am Ende. An diesem Morgen hatte ich noch nicht länger als fünf Minuten am Stück gesessen.

Sitzen, aufstehen, etwas holen, etwas hinlegen, etwas aufheben, etwas anreichen, etwas wegnehmen, etwas weglegen. Lieber einen Marathon laufen als auf zwei Kinder aufpassen.

Etwa zu der Zeit, als ich auf dem Spielplatz auf einer Bank saß, fühlte ich mich so, als könnte ich jede Minute einschlafen.

Aber die Jungs hatten reichlich Energie. Sie rannten hin und her. Kletterten auf Schaukeln und auf die Wippe und verschwanden in seltsamen Baus, aus denen sie dann durch ein Loch wieder zum Vorschein kamen. Sie versuchten ständig, mich durch ihr Rufen auf sich aufmerksam zu machen, denn Regel Nummer eins ist: Du sollst dich gefälligst mit ihnen beschäftigen. Das scheint eine knallharte Kinderforderung zu sein, bei der es kein Entkommen gibt.

Ich winkte ihnen zu und drückte Noors Nummer auf meinem Handy.

Mailbox.

Irritiert versuchte ich Veers Nummer. Es dauerte eine Weile, aber sie ging wenigstens dran.

»Hi Veer, ich hatte schon befürchtet, dass du auch nicht da bist.«

»Wer ist denn sonst noch nicht da?«

»Noor. Weißt du, wo sie ist?«

»Äh …«

Ich hatte ein ungutes Vorgefühl.

»Wo bist du, Veer?«

»Bei Patricia in Brüssel.«

»Darf ich mal raten, wer dann jetzt gerade in Brabant ist?«

»Ich konnte es ihr wirklich nicht abschlagen, Tess. Du weißt doch, wie Noor ist, wenn sie etwas will.«

»Das wievielte Mal ist das schon?«

Sie schwieg.

»Ach, vergiss es. Und wann darfst du wiederkommen?«

»In drei Tagen.«

»Dann bin ich vielleicht auch wieder da.«

»Wo bist du denn?«

Ich erzählte in Kürze, was passiert war.

»Ach Gott, das ist ja furchtbar. Können wir etwas für sie tun?«

»Ich bin gerade dabei.«

Als ich mein Handy einsteckte und von meiner Tasche aufsah, war die Hälfte der Zwillinge verschwunden. Die andere Hälfte saß auf der Schaukel.

»Wo ist dein Bruder?«, schrie ich, während ich auf ihn zustürmte.

Er sah mich verständnislos an.

Ich zerrte ihn von der Schaukel.

»Wo ist Sander?«

»Ich bin Sander.«

»Wo ist Menno?«

Er zuckte mit den Schultern. Ich sah mich um. Genügend Kinder waren da, aber das eine Kind fehlte. Auf allen Bänken saßen Mütter und Väter, die ganz offensichtlich nicht besonders gut auf ihre Kinder aufpassten. Und ausgerechnet meins war weg, während ich bis jetzt meinen Blick keine Sekunde von den Kindern abgewandt hatte. Ich zwang mich zum Nachdenken.

Normalerweise gehen Kinder auf einem Spielplatz nicht verloren. Er war einfach nur irgendwo, wo ich ihn nicht sehen konnte. Aber das lief eigentlich aufs Gleiche hinaus.

Ich ging von einem Spielgerät zum nächsten, während ich Sander hinter mir herschleppte. Nicht dass Nummer zwei nachher auch noch verschwand. Sander fing an zu heulen, er hatte sich den Ausflug zum Spielplatz auch anders vorgestellt. Ich ignorierte das einfach und rannte mit ihm die Bänke entlang.

»Haben sie diesen Jungen gesehen?«

Drei Mütter sahen mich an, als wäre ich verrückt geworden.

»Ich meine, so einen Jungen wie diesen hier. Er ist ein Zwilling. Ich habe einen verloren.«

Sie schüttelten die Köpfe, sahen mir aber anscheinend an, dass ich kurz davor war, in Tränen auszubrechen.

»Hier ist noch nie etwas passiert«, sagte die eine.

»Wir halten Ausschau«, sagte die andere.

»Und wenn ich ihn finde, was soll ich dann mit ihm machen?«, fragte die Dritte. Das war eine gute Frage, darüber hatte ich noch gar nicht nachgedacht.

»Ins Spielplatzbüro bringen natürlich«, sagte Nummer zwei.

Das Problem war auf jeden Fall schon einmal gelöst. Ich war bereits auf dem Weg zur nächsten Bank. Sander heulte jetzt herzzerreißend. Ich erntete strafende Blicke, so geht man doch nicht mit seinem Kind um. Und niemand hatte etwas gesehen, gehört oder gemerkt.

Kinder können sich anscheinend einfach in Luft auflösen.

Ich blieb stehen und sah mich verstört um.

Man sah achtzehnjährige Mädchen, die mit einer ganzen Vorschulklasse auf dem Weg zum Kinderbauernhof waren. Und ich konnte nicht einmal auf zwei Kinder aufpassen. Gab es hier Wasser in der Gegend, in das er gefallen sein könnte? War hier irgendwo eine Straße, auf der er jeden Moment überfahren werden konnte? Da zeigte sich also, dass ich dafür nicht geeignet war. Noch keine vierundzwanzig Stunden hatte ich die volle Verantwortung, und schon ging es schief.

Eine der Frauen kam auf mich zu.

»Dort gibt es noch eine extra Ecke, mit einem Sandkasten für die ganz Kleinen. Sie sind eigentlich zu alt dafür, denke ich, aber man weiß ja nie.«

Sie zeigte dorthin. Ich war schon unterwegs.

Ich sah ihn sofort. Der größte Junge im Sandkasten. Er steckte bis zu den Achseln in einem Sandberg, in den er dabei war, einen Tunnel zu graben. Dadurch sollte zweifellos nachher der Lamborghini flitzen. Ich kletterte in den Sandkasten und nahm ihn auf den Arm. Tatsächlich fing ich an, wie ein Idiot zu flennen, und er heulte ebenfalls los. Wir saßen jetzt alle drei heulend auf dem Sandkastenrand, ich in der Mitte, die Arme um sie gelegt.

6

Insgesamt wohnte ich fünf Tage lang in Minkas Haus, und in der Zeit verknallte ich mich regelrecht in die zwei kleinen Jungs. Ich konnte nicht mehr nachvollziehen, warum ich sie nicht von Anfang an auseinanderhalten konnte. Wenn man sie sich genau ansah, die Art und Weise, wie sie sprachen, ihr Augenaufschlag und ihre Motorik, gab es Unterschiede genug.

Ich hatte mein Lager in einer Rumpelkammer aufgeschlagen, in der ich bei näherer Inspektion unter einem Stapel ungebügelter Wäsche ein Bett entdeckt hatte, und ich hatte Minkas Doppelbett mit neuen Bettlaken bezogen.

Sie war ein paar Mal zu Hause gewesen, um kurz die Jungs zu sehen und um saubere Klamotten zu holen. Ihre Schwiegermutter befand sich nicht mehr in Lebensgefahr, aber wenn niemand an ihrem Bett saß, wurde sie unruhig, und das sollte in diesem Zustand auf jeden Fall vermieden werden. Also blieb Minka bis zum Ende der Woche im Krankenhaus.

Es war jetzt schon klar, dass ihre Schwiegermutter nie mehr in ihr eigenes Haus zurückkehren würde, aber wie durch ein Wunder hatte man einen Platz im Pflegeheim für sie gefunden, in das sie nach einer Rehabilitationszeit aufgenommen werden konnte. Und natürlich war es Minka, die den Umzug organisieren würde.

Sie fragte, ob ich in den Tagen, in denen sie damit beschäftigt sein würde, wieder bei den Kindern sein könnte, und ich musste mich zusammenreißen, um nicht allzu überschwänglich zu reagieren.

Bis dahin hatte ich jedoch nichts mehr in ihrem Haus zu tun. Ich fühlte mich elend, als ich meine Reisetasche packte und mich in Richtung meines eigentlichen Zuhauses aufmachte. Es tat mir unglaublich gut, dass Menno und Sander in Tränen ausbrachen, als ich mich von ihnen verabschiedete. Ich selbst hatte übrigens auch Probleme damit, den Kloß in meinem Hals herunterzuschlucken. Ich hockte mich vor sie hin, umarmte die beiden und versprach, dass ich bald zurückkommen würde und dass wir dann lustige Sachen zusammen machen würden.

Im Hintergrund sah Minka zu, mit einem milden Lächeln im Gesicht. Als ich mich wieder aufrichtete, liefen die Jungs auf sie zu und bauten sich neben ihr auf wie Buchstützen, jeder auf einer Seite. Minka legte um jede der schmächtigen Schultern einen Arm, und ihre Söhne schmiegten gleichzeitig ihre Köpfe an sie.

Neid blitzte wie eine Stichflamme in mir auf.

Ich nahm meine Reisetasche, rief Wusel zu mir und drehte mich um. Minka brachte mich zur Haustür, und dort fand die unvermeidliche Abschiedsszene statt.

Ihre Hände auf meinen Schultern, die feuchten Augen zu nahe vor den meinen.

»Meine Güte, Tess, dass du das getan hast, das war einfach großartig von dir!«

Sie schloss mich in die Arme und gab mir drei Küsschen.

Ich sagte lieber nicht, dass ich in meinen schlaflosen Nächten davon geträumt hatte, ihr und Roel könnte etwas zustoßen, sodass ich ihre zwei Kinder in meine Obhut nehmen müsste.

»Du weißt, dass du immer auf mich zählen kannst.«

»Du bist ein Schatz!«, sagte sie gerührt und umarmte mich noch einmal.

Wir haben in der gleichen Zeit teilweise den gleichen Leidensweg zurückgelegt. Die Untersuchungen. Die Konstatierung der verklebten Eierstöcke. Deren Reparatur. Die Hoffnung, dass nun alles gut werden würde. So einige Male haben wir uns gegenseitig angerufen, Minka und ich. Schluchzend, wenn wir wieder einmal unsere Regel bekommen hatten, obwohl wir doch, wenn wir vier Tage über der Zeit waren, bereits zu Prenatal gestürmt waren. Im Anschluss unterzog ich mich drei In-vitros, die mein Leben vollkommen durcheinander- – und keinen Erfolg brachten –, bis auf einen einzigen Versuch, der sofort anschlug und in einer Fehlgeburt endete.

Wir fielen beide in die Kategorie »verzögerte Mutterschaft«, ein Begriff, der so viel wie »selber schuld« bedeutet und eine hohe Wahrscheinlichkeit von Unfruchtbarkeit mit sich bringt.

Ich war mir dessen übrigens nicht bewusst, als ich das Kinderkriegen immer wieder hinausgezögert hatte, aber ich wage zu bezweifeln, dass ich früher damit angefangen hätte, wenn ich es gewusst hätte.

Wir hatten es doch wunderbar, Pé und ich. Wir machten großartige Reisen, mit Rucksack und Zelt. Monatelang lebten wir von nahezu nichts, in Ländern, in denen wir nie Touristen begegneten, weil diese in Luxushotels mit Klimaanlage und Schwimmbad wohnten.

Für nichts in der Welt hätte ich diese Jahre eintauschen wollen, und doch verspürte ich manchmal einen Anflug von Reue, weil ich vielleicht eine Familie hätte haben können, wenn wir andere Prioritäten gesetzt hätten.

Nach den In-vitros waren Pè und ich uns einig, dass es jetzt reichte mit dem Herumdoktern. Schwanger werden hatte sich vom Big Item zum Only Item entwickelt. Unsere Beziehung drohte in Gefahr zu geraten: für ihn durch den krampfhaften Sex und für mich wegen der ständigen Angst vor dem Auftreten meiner Regel.

Natürlich hegten wir die Hoffnung, dass ich nachträglich noch schwanger werden könnte. Man hört das so oft: Frauen, die den Mut aufgegeben haben, sich nicht mehr damit befassen und bingo, klopft der Storch an die Tür. Aber das passierte nicht, und weil ich noch immer die Angespanntheit empfand, sobald sich der Termin näherte, an dem ich meine Regel bekommen sollte, besorgte ich mir einen Termin für eine Sterilisation.

Es gab mir das entschlossene Gefühl, dass ich auf diesem Gebiet endlich wieder die Zügel in der Hand hatte. In derselben Woche, in der ich ins Krankenhaus ging und einen Tag später unfruchtbar nach Hause kam, erzählte Minka strahlend, dass sie schwanger war. Acht Monate später brachte sie ohne größere Probleme zwei Jungs zur Welt. Wir haben uns danach nicht mehr so oft besucht wie am Anfang, ohne dass wir jemals darüber gesprochen haben. Aber natürlich war das auch gar nicht nötig.

Sie verstand besser als jede andere, dass ich es nicht mit ansehen konnte, dieses Doppelglück von gleich zwei Babys. Und ich verstand, wie schwierig es für sie sein musste, nicht zu zeigen, wie glücklich sie war.

Ich ging mit Wusel zum dritten Mal am heutigen Tag hinaus. Dabei war es gerade erst Mittag. Er wusste nicht, wie ihm geschah. So viel Geduld, so lange Spaziergänge, so viel Aufmerksamkeit, das hatte es schon lange nicht mehr gegeben.

Aber er war ja nun schließlich das Einzige, was ich noch hatte, dachte ich sentimental, als ich mit ihm bei den Enten vorbeiging, das Einzige, was mich noch an die gute alte Zeit mit Pé erinnerte.

Ich fragte mich, ob er Pé vermisste. Falls das so war, zeigte er es nicht. Genauso wenig wie ich selbst übrigens.

Ich bin nicht der Typ, der mit rotverheulten Augen herumläuft. Bei mir setzt sich Traurigkeit in eine Art von Stille in meinem Körper um, in eine Gefühlskälte, als wäre ich in einer Kühlzelle gelandet.

Ich fror den ganzen Tag. Mich fröstelte vor Kummer, sodass ich mit einer Wärmflasche ins Bett ging, die ich in den Armen hielt, bis ich einschlief.

An der gegenüberliegenden Seite des mit grüner Entengrütze bedeckten Weihers stand ein Reiher, so regungslos, dass er mir überhaupt erst auffiel, als ich näher kam. Er strahlte einen kühlen Hochmut aus, und das unbewegliche Warten hatte etwas Bedrohliches an sich.

Plötzlich schoss sein Schnabel ein Stück unter Wasser, um kurz darauf mit einem zappelnden Fisch wieder zum

Vorschein zu kommen, den er in einem unwahrscheinlichen Tempo verschlang. Das fleckige Entengrün stellte einen scharfen Akzent zu dem Grau seiner Federn dar.

Ständig allein, ständig aufmerksam. Niemals in fröhlicher Runde ein Liedchen mit den anderen Vögeln trällern.

Vielleicht verstörte es ihn, dass er beobachtet wurde. Er breitete die Flügel aus und segelte dicht über dem grünen Wasser entlang auf die andere Seite des Weihers. Selbst Vögel versuchen meine Gesellschaft zu meiden, dachte ich voller Selbstmitleid.

Kurz vor meinem Haus begegnete ich der Nachbarin, die ein paar Türen weiter wohnte.

»Ist Ihr Mann auf Reisen? Ich habe ihn schon so lange nicht mehr gesehen«, sagte sie.

Ich hatte natürlich keine Beweise, aber ich war überzeugt davon, dass sie verdammt gut wusste, dass Pé nicht mehr bei mir wohnte. Diese Dinge sprechen sich herum. Sie guckte auch ein kleines bisschen zu scheinheilig, als sie ihre Frage stellte. Aber was daran der Spaß sein sollte, war mir nicht ganz klar. Ich murmelte etwas vor mich hin und stiefelte an ihr vorbei.

Als ich Wusel und mir Essen gegeben hatte – mein Cassoulet aus der Dose roch genau wie sein Pedigree –, setzte ich mich an den Computer.

Anfang der Woche hatte ich Coen endlich ein paar idiotische Slogans für das Besteck, das sie verscherbeln mussten, gemailt.

Fünf Minuten später rief er an. Er hatte mehr von mir erwartet, sagte er.

Ich von mir auch, sagte ich so vergnügt wie möglich, in der Hoffnung, dass davon die Stimmung umschlagen könnte. Aber er fiel nicht darauf rein.

»Warum hast du sie dann gemailt?«

Darauf hatte ich so schnell keine Antwort parat.

Er gebe mir noch drei Tage, sagte er, legte nach einem kühlen Abschiedsgruß auf und ließ mich mit einer Stinklaune zurück.

Ich war noch nie ein Freund von freundschaftlichen Beziehungen zu seinem Auftraggeber. Den ganzen jovialen Duz-Kult könnte man sich von mir aus sparen, er suggeriert eine Gleichheit, die einfach nicht besteht.

Früher waren die Arbeitsverhältnisse etwas deutlicher.

Der Mann, der mit »Herr« angesprochen wurde, hatte die Macht darüber, Männer, die beim Vornamen genannt wurden, zu entlassen. Auf diese Weise wusste jeder, woran er war.

Ich jedoch war drauf und dran, meine wichtigste Einkommensquelle zu verlieren, durch einen Mann, den ich Coen nannte und der mich ausführlich über seine Urlaube und die Gebärmutteroperation seiner Frau unterrichtete.

Ich machte mir Sorgen. Wenn diese Sache schiefging, würde mein Leben in finanzieller Hinsicht nicht einfacher werden. Zum Glück hatte ich noch ein paar feste Aufträge für Hauswurfsendungen, verhungern würde ich also nicht. Aber ich würde mehr klare Entscheidungen treffen müssen, als ich es bis zum jetzigen Zeitpunkt getan hatte. Zwischen bei *De Maegd* essen oder zu Hause eine Dose aufmachen zum Beispiel.

Gerade hatte ich es mir vor dem Fernseher bequem gemacht. Tee stand in einer Thermoskanne auf dem Tisch und in einer chinesischen Schale eine Megatüte handgemachte belgische Pralinen.

Tom Cruise in sieben Minuten auf Canvas.

Dann klingelte es.

Das verdarb mir auf der Stelle die Laune, und der einzige Grund, warum ich zur Haustür ging, war, dass es Pé sein könnte, der seinen Hausschlüssel bei seinem Aufbruch so demonstrativ auf dem Küchentisch hatte liegen lassen.

Die Enttäuschung setzte direkt ein.

»Oh, Veer, so eine Überraschung aber auch!«, sagte ich schwach.

Sie schob sich an mir vorbei den Flur entlang.

Sie war hier nicht zum ersten Mal und ließ sich wie selbstverständlich in Pés Sessel fallen, einen verschlissenen ledernen Klubsessel, der schon in seinem Studentenzimmer gestanden hatte. Mir gefiel es eigentlich gar nicht, jemand anderen darin zu sehen, aber ich konnte sie ja schlecht einfach da herauszerren.

»Willst du was trinken?«

»Wasser gerne.«

Sie streichelte abwesend Wusels Kopf, während sie mit dem Blick meinen Bewegungen folgte.

»Ist Pé immer noch weg?«

Ich nickte; es war noch immer schwierig für mich, darüber zu sprechen. Zudem hatte ich die abergläubische Vorstellung, dass ich ihn dadurch, dass ich es aussprach, für immer aus meinem Leben verbannen würde.

»Wenn du dich erst einmal daran gewöhnt hast, ist alleine wohnen gar nicht das Schlechteste.«

Sie trug einen weiten Pullover über einer grauen Armani-Jeans. Darunter war ein Stückchen ihres weißen T-Shirts sichtbar, die Stickerei am Kragen hatte sich etwas gelöst.

Ich stellte ein Glas Spa vor sie hin, und sie griff sofort danach, um zu trinken, dann wählte sie sorgsam die dickste Praline aus und knabberte daran.

Ich setzte mich ihr gegenüber und steckte mir eine Zigarette an.

Pés Schuld, gerade war ich so stolz, weg davon zu sein, aber während der einsamen Abende, an denen ich das Ins-Bett-Gehen, so lange es ging, herauszögerte, hatte ich kapituliert.

Nach dem ersten Zug und dem darauf folgenden Hustenanfall herrschte eine Stille, die so lange andauerte, dass Veer nicht anders konnte, als mich über den Grund ihres Besuches zu informieren.

»Fred«, sagte sie.

»Oh.«

Sie lehnte sich vor, auf ihrem Zeigefinger war ein Fleck geschmolzener Schokolade, auf ihrem Pullover ein dunkelbrauner Striemen.

»Ich habe etwas entdeckt. Etwas Schreckliches. Und ich habe keine Ahnung, was ich jetzt tun soll. Vielleicht hast du ja eine Idee.«

»Dafür muss ich aber erst wissen, worum es geht.«

Ihr Glas war leer, aber sie hielt es noch immer in der Hand.

»Fred hat etwas mit einer anderen Frau!«

Diese Information musste ich einen Moment sacken lassen.

»Du meinst, außer mit Noor mit noch einer anderen?«

Sie nickte und streckte mir ihre Hand mit dem leeren Glas entgegen. Ich goss ein und stellte die Flasche neben ihren Stuhl.

Wusel stand auf, sich reckend durchquerte er einmal das gesamte Zimmer, um sich dann mit einem Plumps wieder auf demselben Platz niederzulassen.

»Was sollen wir jetzt machen?«, fragte Veer hilflos.

»Wie hast du es denn herausgefunden?«

»Purer Zufall. Ich stand an der Ampel auf dem Bezuidenhoutseweg und guckte ein bisschen vor mich hin. Da sah ich ihn aus einem Haus herauskommen, die Art, wie er sich von der Frau verabschiedete …«

»Und das ist alles? Einmal? Das finde ich nicht wirklich überzeugend, Veer.«

»Ich habe mich dort ein bisschen umgesehen.« Sie errötete, ganz offensichtlich schämte sie sich, als erwachsene Frau durch die Straßen zu laufen, in der Hoffnung, jemanden mit seiner Geliebten zu ertappen.

»Aber die paar Mal, die ich an dem Haus vorbeigelaufen bin, habe ich ihn nicht gesehen. Dann kam ich auf die Idee, an dem gleichen Wochentag um die gleiche Zeit vorbeizufahren wie beim ersten Mal, als ich ihn entdeckt hatte. Er ist doch bei den Rotariern oder so was in der Art? Es war der Klubabend. Und Bingo. Die gleiche Zeit, dieselbe Frau. Die Woche danach wieder ein Volltreffer. Das war letzten Dienstag. Wenn du mir nicht glaubst, guck es dir doch nächsten Dienstagabend selbst einmal an.«

Aber ich glaubte es ihr auch so.

7

Natürlich musste Noor das erfahren, da waren Veer und ich uns einig. Aber wie erzählt man so etwas? Und wo?

Ich wusste nicht, wie sie reagieren würde. Was wäre, wenn sie durchdrehte? Vermutlich war dies das erste Mal, dass ihr so etwas passierte. Sie war immer diejenige, die Beziehungen anfing und beendete und die Art und Weise davon bestimmte. Wie würde sie dieser komplett neuen Situation Herr werden? Für Freds physische Qualitäten fing ich allmählich an, eine vage Bewunderung zu hegen. Laut Noor war er ein enormes Tier im Bett. Unermüdlich darin, ihr und sich selbst einen Orgasmus nach dem anderen zu verschaffen. Nie zuvor einen solch unvergesslichen Höhepunkt gehabt. Man musste ihr regelrecht den Mund verbieten, sonst hörte sie gar nicht mehr auf, davon zu reden. Als wäre Vögeln nicht eines der einfachsten Dinge der Welt. Einen Topflappen zu häkeln ist schwieriger.

Und in der Zwischenzeit musste er bei Carolien im Bett doch garantiert ebenfalls regelmäßig parat stehen. Und dann noch Energie übrig behalten, um es einer dritten Frau zu besorgen. Wie war das nur möglich! Und was einen wahnsinnig machen konnte, war, dass er es immer wieder schaffte. Nun gut, attraktiv war er schon, aber das erklärte noch lange nicht alles. Die Einfachheit, mit der Männer in nahezu jedem Alter an Frauen kommen, lässt sich schlicht und einfach damit erklären, dass zu viele Frauen sich zu leicht rumkriegen lassen.

Schlussendlich erzählte ich es Noor dann doch einfach in *De Maegd*, weil sie sich dort zusammenreißen musste, wie schwer der Schlag für sie auch sein würde.

Veer wollte nicht dabei sein. Sie fand es zu schlimm, sagte sie mit Tränen in den Augen. Aber ich sollte natürlich erzählen, dass sie diejenige war, die es entdeckt hatte.

Noor lauschte schweigend meiner kurzen Darlegung, doch ihre Augen verengten sich zu Schlitzen, und ihre Finger begannen, auf der Tischplatte ein Staccato zu trommeln.

Unter solch einer Art musikalischer Begleitung wurde Marie Antoinette in einem Karren zum Schafott gefahren. Es fiel mir nicht schwer zu erraten, wessen Kopf in Noors Gedanken in den Korb unter der Guillotine rollte.

»Das Arschloch«, sagte sie leise, als ich alles gesagt hatte.

Danach dauerte es eine Ewigkeit, bis sie wieder etwas sagte.

Ich hatte das Gefühl, dass sie meine Anwesenheit vergessen hatte, bis sie »Das wird er bereuen«, murmelte.

Das bezweifelte ich keine Sekunde.

Carolien war ironischerweise eine Woche mit Fred in Paris, als Noor Vera und mir ihre Pläne vorlegte.

Das letzte Mal, als wir uns in *De Maegd* gesehen hatten, hatte Carolien in allen Einzelheiten von ihren Plänen erzählt. Wie herrlich es ist, gelegentlich mal wieder auf Hochzeitsreise zu fahren. Und wie stimulierend andere Betten für das Sexleben sind.

Veer und ich wagten es nicht, einander anzusehen, geschweige denn, irgendeine Reaktion zu zeigen. Nur Noor ging darauf ein. Nicht im Traum wäre man darauf gekommen, dass Fred diese Aussage ein Jahr lang mit ihr in der Praxis ausgelebt hatte. Sie hielt eine Lobrede auf *Das andere Bett*, auf die Carolien entzückt reagierte, zwei Seelenverwandte, während wir immer weiter unter den Tisch sackten.

»Ich brauche dein Haus, Veer«, sagte Noor mit der Fröhlichkeit von jemandem, der dabei war, einen Ausflug vorzubereiten.

»Warum?«

»Um abzurechnen.«

Veer schoss hoch. »Du willst ihm doch wohl nichts antun, in meinem Haus?«, fragte sie.

Eins ihrer Schulterpolster war heruntergerutscht und quoll wie ein bizarrer Bizeps durch den Ärmel ihres Pullover hindurch.

»Natürlich nicht. Aber ich werde es ihm nicht leicht machen. So etwas schlucke ich nicht so einfach. Es gibt ja schließlich noch so etwas wie Treue.«

Es herrschte Stille. Ich sah Noor an, die in ihrem beigefarbenen Kaschmir-Rollkragenpullover umwerfend aussah und sich ganz offensichtlich der Ungeheuerlichkeit ihrer Aussage nicht bewusst war.

Ich fragte mich, was Fred wohl fehlte, warum er neben Carolien und Noor seiner Sammlung noch eine weitere Frau hinzufügen musste. Raupe Nimmersatt. Ob er wohl ein spezielles Notizbüchlein hatte, mit den Namen seiner Freundinnen, dem Datum ihres Kennenlernens, der Anzahl der Male, die er mit ihnen geschlafen hatte? Es gibt Männer, die auf solche Dinge stehen.

Noor sah von einer zur anderen.

»Es wäre wirklich schön, wenn ihr dabei sein könntet.«

»Das scheint mir eher eine Sache zwischen Fred und dir zu sein, Noor«, sagte ich.

»Ihr braucht euch auch überhaupt nicht weiter darum zu kümmern.«

»Was sollen wir denn tun?«

»Einfach nur da sein! Das macht es für ihn noch erniedrigender: sich zu blamieren, während ihr dabei seid. Und außerdem: Was soll ich machen, wenn ich allein bin und Fred ausfallend wird?«

»Wann soll es denn passieren?«, fragte Veer.

»Er kommt Dienstag aus Paris zurück. So wie ich ihn kenne, verabredet er sich dann mit mir. Das macht er immer, wenn er eine Weile Carolien am Hals hatte. Mitte nächster Woche, denke ich.«

Sie schien die Bezuidenhoutse-Variante, dass er auch dorthin gehen könnte, vollkommen außer Acht zu lassen. Ihre Wangen waren gerötet, wie immer, wenn sie zu viel getrunken hatte, doch ihre Augen waren ganz klar.

»Kann ich auf euch zählen?«

Ich hatte überhaupt kein Interesse daran, und in einer anderen Lebensphase hätte ich mich nicht so einfach überreden lassen, aber weil mir, seit Pé fort war, eigentlich alles egal war, zuckte ich mit den Schultern und versprach, dass ich mitkommen würde. Dass Veer das Gleiche tat, erstaunte mich nicht. Es musste schon viel passieren, dass Veer bei etwas widersprach.

»Müssen wir Minka einweihen?« Noor sah uns fragend an.

»Viel zu kompliziert, mit Babysitter finden und so«, sagte ich. Ich erzählte lieber nicht, dass Minka einen unglaublichen Spaß daran haben würde, wenn sie von dem Betrug hörte. Sie hasste Frauen, die es mit verheirateten Männern trieben, wie fast jede Frau mit einer intakten Beziehung, die ich kenne.

»Das wäre also geregelt. Jetzt die Details.«

Ihr Plan war einfach.

Noor sollte sich mit Fred im Haus von Veer verabreden.

Sobald er dort auftauchte, würde sie ihn mit seiner Untreue konfrontieren.

Was dann passieren würde, stand in den Sternen.

Auf jeden Fall würde er erst einmal alles abstreiten, darauf konnte man Gift nehmen. Danach könnte er zu einem Geständnis, in Kombination mit einer Bekundung seines Bedauerns, übergehen. Das wäre schön. Fred auf den Knien und Noor als Rachegöttin der Gerechtigkeit, die nichts mehr mit ihm zu tun haben will. Das war natürlich die Option, die wir bevorzugen würden, die aber am unwahrscheinlichsten erschien. Noors Ansicht nach war es wahrscheinlicher, dass er ungemütlich werden würde, vielleicht aggressiv. Die Anwesenheit von Veer und mir würde auf jeden Fall verhindern, dass die Situation aus dem Ruder lief.

»Und warum sollte er nicht einfach zur Tür hinausspazieren und weglaufen?«, fragte Veer.

Wir sahen sie verblüfft an. An diese Möglichkeit hatten wir keine Sekunden lang gedacht, aber sie hatte recht. Warum sollte Fred nicht einfach in sein Auto steigen, sobald ihm klar werden würde, dass er nicht zu einer Partie Fremdgehen eingeladen worden war. Es gibt schließlich wenige Dinge, die Männer so sehr hassen wie Beziehungsgespräche. Das kann man ihnen nicht einmal verübeln, denn unter diesem Oberbegriff wird meist ein Sack von Vorwürfen über ihnen ausgeschüttet. Und der Mann muss erst noch geboren werden, der das geduldig über sich ergehen lässt.

»Ich binde ihn fest«, sagte Noor. »Das macht ihn rattenscharf.«

»Was hast du von einem rattenscharfen Mann, der nichts machen kann, weil er festgebunden ist?«, überlegte Veer laut.

Wir ignorierten sie.

»Das wird ein Kampf, Noor; natürlich lässt er sich nicht so einfach auf einem Stuhl festbinden, da musst du dir etwas anderes ausdenken.«

Es herrschte Stille. Bart beobachtete uns scharf. Es passierte selten, dass wir so lange mit leeren Gläsern dasaßen.

»Ich nehme ihm den Autoschlüssel weg. Auf die Weise muss er dableiben, bis ich ihm alles gesagt habe!«

Es war genial in seiner Einfachheit.

»Ich frage ihn, ob er Donnerstagmittag kommt. Wenn wir dann morgens schon da sind, haben wir alle Zeit der Welt, um uns darauf vorzubereiten.«

Ich war so müde davon, nachts grübelnd wach zu liegen und an Pé zu denken, dass mich das Ganze hier wenig berührte. Noor dagegen saß kerzengerade wie eine Standuhr, ihre dunklen Augen groß und glänzend, und ich bezweifelte, dass ihr überhaupt bewusst war, dass wir mit ihr am Tisch saßen.

Als ich von meiner letzten Runde mit Wusel nach Hause

kam, hörte ich das Telefon, während ich dabei war, meinen Schlüssel zu suchen.

Ich spürte, dass es Pé war, der anrief, auch wenn das nicht viel sagte, da ich jedes Mal, wenn das Telefon klingelte dachte, dass er es wäre.

Im Stillen verfluchte ich mich selbst dafür.

Wann würde ich endlich lernen, mein Handy mitzunehmen, wie alle kultivierten Menschen das tun. Im Moment lag es neben dem Sofa auf dem Fußboden, ich sah das verdammte Ding bildlich vor mir, während ich meine Tasche am Laternenpfahl nahe der Haustür ausleerte, um besser suchen zu können. Der Schlüssel fiel in einer Lawine von Tankquittungen, Lippenstiften, Kreditkarten und losen Euromünzen auf die Erde. Ich grabschte ihn aus dem ganzen Zeug heraus und rannte zur Haustür, doch als ich sie aufgeschlossen hatte, hörte das Klingeln auf.

Fast heulend vor Enttäuschung schlurfte ich zurück zu dem Laternenpfahl, wo Wusel brav saß und auf meinen Besitz aufpasste. Ich stopfte alles wieder in die Tasche zurück.

Natürlich war es Pé, wer sonst sollte mich um diese Zeit anrufen. Und dieses Mal war er es wirklich. Ich starrte auf die bekannte Nummer seines Handys. Aber um nichts in der Welt würde ich ihn zurückrufen. Schließlich wollte er ja unbedingt abhauen, dann musste er jetzt etwas dafür tun, dass ich einen Grund sah, ihn zurückhaben zu wollen. Einen Mann zurückzurufen, mit dem du in einem ungeklärten Verhältnis steckst, ist das Dümmste, was du machen kannst, davon bekommt er sofort Oberwasser.

Ich setzte mich auf die Sofalehne und steckte mir eine Zigarette an.

Mir zog sich der Bauch zusammen.

Ich kickte meine Schuhe weg und ging auf die Toilette.

Kaum saß ich, da klingelte mein Handy erneut. Diesmal lag es auf dem Küchentisch. Und während ich mir sicher war, dass mich der Mann meines Lebens zu erreichen versuchte, war ich mit meiner heruntergelassenen Unterhose vollkommen machtlos.

8 Auf dem Weg nach Brabant sprachen wir kaum ein Wort miteinander.

Noor hatte zur Feier des Tages den großen Saab von Charles aus der Garage geholt, des Platzes wegen. Er war vor drei Tagen für ein paar Wochen nach Nashville gereist, was Noor besonders gelegen kam.

Als ich an diesem Morgen widerwillig aufgestanden war, schüttete es wie aus Kübeln. Jetzt war es trocken, aber vor den grauen Himmel schoben sich noch grauere Wolken, und es sah aus, als könnte es jeden Moment wieder anfangen zu gießen. Das perfekte Wetter, eine Beziehung zu beenden, so viel war klar.

Ich saß, mit Wusel neben mir, auf der Rückbank und sah nach draußen, während ich an Pé dachte. Je länger ich ihn nicht sah, desto mehr vermisste ich ihn. Ständig gingen mir Begebenheiten durch den Kopf, die in dem Moment, als sie geschahen, eigentlich gar keine besondere Bedeutung gehabt hatten: zusammen kochen, die Gerichte voneinander kosten, Wortgefechte über die Menge an Pfeffer führen, nach dem Essen die Teller zur Seite schieben und weiter Wein trinken, mit aufgestützten Ellenbogen über das Thema reden, das uns im Moment so beschäftigte, dass wir das Gespräch für so etwas Läppisches wie schmutzige Teller in die Küche bringen nicht unterbrechen wollten.

Nächtelang vögeln oder reden, ich könnte nicht sagen, was mir im Nachhinein das Teuerste gewesen ist. Auf jeden Fall war es damals ganz normal. Genau wie die Zeit, in der sich unsere Beziehung am Rande des Abgrunds befand. Es lief nach einem festen Schema ab, dass ich nämlich in regelmäßigen Abständen ausrastete, wenn ich an seine Lügen und seine Untreue dachte. Ich fand, ehrlich gesagt, dass das mein gutes Recht war. Eine Partie Kreischen schien mir um einiges gesünder zu sein als ein Magengeschwür als Folge der aufgestauten Emotionen. Was ich nicht realisierte, war, dass meine immer wiederkehrenden Vorwürfe immer schwerer auf Pé lasteten.

Während ich mir keiner Schuld bewusst war, war er dabei, über eine mögliche Distanz nachzudenken, darüber, sich eine Weile voneinander zu trennen. Inzwischen lebte ich weiter meine Stimmungen und Launen aus, die für mich nicht mehr waren als die Umsetzung von Unsicherheit und Unbehagen, bis es ihm endgültig reichte und er fortging.

So einfach ist das manchmal.

Und das Schlimmste war: Mir wollte tatsächlich nichts einfallen, wie ich ihn zurückbekommen könnte.

Wir hielten an, und Veer öffnete das große Tor, sodass Noor hindurchfahren konnte. Sie ließ es gleich offen – praktisch für Fred, wenn er nachher kam –, und wir fuhren auf das alte Haus zu, das trotz der geschlossenen dunkelgrünen Fensterläden einladend aussah, ein Haus wie eine Illustration aus einem Kinderbuch, mit einem niedrigen Reetdach und einem halbrunden Erker. Der Garten war verwahrlost. Nachdem der Gärtner in Rente gegangen war, hatte Veer noch keinen neuen gefunden.

Während wir unsere Reisetaschen aus dem Auto holten,

schloss Veer die Haustür auf. Wir würden die Nacht in dem Haus verbringen, weil Noor damit rechnete, dass die Konfrontation mit Fred eine Weile dauern würde. Wir hatten Beefsteak gekauft, Brot und Fertigsalate. Getränke waren immer im Haus, was konnte uns also groß passieren.

Wir warfen unsere Taschen in die Schlafzimmer und gingen in die Küche, wo wir meistens saßen, an dem enorm großen offenen Kamin mit dem Haken, an dem vor langer Zeit Tag und Nacht ein Suppenkessel gebaumelt hatte.

Veer war mit den Fensterläden zugange, immer wieder tauchte sie vor einem anderen Fenster auf, um die Läden festzumachen, damit diese nicht im Wind klapperten. Ihr blondes Haar wurde vom Wind hin- und hergeweht. Das alles wirkte irgendwie surrealistisch gegen den Hintergrund der bleigrauen Wolken.

Graues Licht trat durch die Fenster nach drinnen. Es ließ sich durch den Schein der Lampen verjagen, lauerte jedoch auf der anderen Seite des Fensters, zum Angriff bereit.

Während Veer Spiegeleier machte und ich Kaffee aufsetzte und Brot schnitt, zog Noor sich zurück. Sie hatte keinen Hunger, sagte sie. Wenn wir nichts dagegen hätten, würde sie gern in Ruhe gelassen werden. Übrigens hätte es für sie auch keinen Unterschied gemacht, wenn wir etwas dagegen gehabt hätten.

Ihr Gesicht wirkte schmaler, sie hatte sich nicht geschminkt, nur die Wimpern getuscht, die lang und dramatisch aussahen.

Zum erstem Mal kam mir in den Sinn, dass sie tatsächlich betrübt war. Irgendwie ironisch, endlich einen

Mann zu lieben und dann gerade von diesem betrogen zu werden.

Veer und ich saßen uns schweigend am Tisch gegenüber, umgeben vom Geruch nach Spiegeleiern und Schinken.

Ich nahm an, dass ihr, genau wie mir, die bevorstehende Konfrontation zwischen Noor und Fred im Magen lag. Was hatten wir denn auch damit zu tun! Eigentlich bereute ich schon längst, dass ich mitgefahren war.

Ich verfütterte kleine Stückchen Brot an Wusel und versprach ihm einen kurzen Spaziergang.

»Ob er uns beschützen wird?«, fragte Veer.

»Wer, Wusel?«

Sie nickte.

»No way! Der würde noch die Hand unseres Mörders lecken.«

Ich hatte eigentlich erwartet, dass sie lachen würde, aber sie schwieg, eine Falte zwischen den Augenbrauen.

Wir hörten Noor auf dem Flur auf- und ablaufen, ihre Absätze klapperten auf den Steinfliesen, der Rauch ihrer Zigaretten war sogar durch die geschlossene Küchentür hindurch zu riechen. Noor hatte uns befohlen, in der Küche zu warten und auf keinen Fall einen Mucks von uns zu geben, bis sie Fred nach drinnen gelotst hatte. Eine Art Überraschungsparty, aber eine, auf die sich niemand freute.

Er war spät dran. Das war typisch für ihn, erklärte Noor.

Ein Macho, der sich einen Dreck darum scherte, ob er zu spät kam oder auch, wenn ihm das gerade so passte, überhaupt nicht auftauchte.

»Warum rufst du ihn nicht an, Noor?«, fragte ich, als ihr Herumtigern mir allmählich auf die Nerven ging und ich, entgegen ihrer Vorschrift, doch kurz auf den Flur trat.

Fred hatte sein Handy schon seit Jahren nicht mehr bei sich, erklärte Noor. Es war die sinnloseste Investition seines Lebens gewesen, hatte er ihr einmal erzählt.

Carolien, die nicht auf den Kopf gefallen war, vermutete schon seit Langem, dass Fred kein wirklich braver Ehemann war. Wenn er auf Reisen war, hatte sie ihn in den unmöglichsten Momenten angerufen, meistens spätabends. »Wo bist du?«, »Was machst du gerade?«

Sie wurde wütend, wenn er sich auf ihre Nachrichten auf der Mailbox nicht meldete, und lief dann, wenn er zurück war, tagelang mit einer Stinklaune durchs Haus.

Für einen Mann wie Fred war dies eine schrecklich lästige Situation, aus der es nur einen Ausweg gab: Er ließ kurzerhand sein Handy zu Hause, wenn er ein paar Tage geschäftlich unterwegs war.

Er rief Carolien jeden Tag an, allerdings ohne ihr den Namen des Hotels oder die Telefonnummer zu geben, nach dem Motto, es mache keinen Sinn, da er sich fast schon wieder auf dem Nachhauseweg befand. Hinsichtlich all der Anstrengung, die er unternahm, war ihm seine Ehe sehr wichtig. Warum das so war, war für Außenstehende, wie so oft bei diesen Dingen, nicht wirklich ersichtlich.

Ich ging zurück in die Küche, die sich auf Noors Anweisungen hin drastisch verändert hatte. Der Tisch war an die Wand geschoben worden, die Stühle standen, zwei gegen zwei, einander gegenüber in der jetzt leeren Mitte des Zimmers. Es sah ein bisschen gruselig aus, und zudem verstanden wir den Sinn dieser Aufstellung nicht, aber wir wagten auch nicht recht, Fragen zu stellen.

Noor war in sich gekehrt und unzugänglich. Ich machte mir immer mehr Sorgen, während Vera aus unerfindlichen Gründen etwas albern wurde.

Als wir in der Ferne den Kies unter den Autoreifen knirschen hörten, bekam ich auf einmal Bauchschmerzen. Ich drückte mich an Noor vorbei, die gespannt wie eine Feder im Flur stand, ignorierte ihre wütenden Blicke und verschwand auf der Toilette.

Eine Autotür wurde zugeschlagen, Freds Schritte näherten sich dem Haus, und das Letzte, was ich von Noor sah, als ich wieder in die Küche lief, war, dass sie tief Luft holte – wie eine Schauspielerin, die auf die Bühne muss – und die Haustür öffnete.

Sie war eine verdammt gute Schauspielerin, aber vielleicht kam die warme Begrüßung sogar tatsächlich von Herzen. Ihre Stimme liebkoste Fred, und anscheinend tat er es ihr nach.

Es kam uns so vor, als wollte er sie auf direktestem Wege ins Schlafzimmer ziehen, aber sie sagte etwas, was wir nicht verstehen konnten, und er lachte; ihre Schritte kamen immer näher.

Er erstarrte in der Tür, als er die merkwürdige Aufstellung der Stühle sah und darauf Veer und mich, wie wir brav aufrecht nebeneinandersaßen, mit einem so neutralen Gesichtsausdruck wie möglich.

Ich hatte wirklich nicht die geringste Ahnung, wie ich

ihn willkommen heißen sollte, Veer ihrerseits begrüßte ihn herzlich, fragte, ob er was trinken wolle, und stand auf, als er »Kaffee« sagte.

»Was geht hier vor?«, fragte er Noor.

»Setz dich.«

Er hob die Augenbrauen, tat aber, was sie sagte.

Es gelang ihm perfekt, so zu wirken, als ob er sich wohlfühlte, und er schlug die Beine übereinander. Teure Schuhe kamen unter seiner Armani-Jeans zum Vorschein. Das weiße Hemd unter dem perfekt geschnittenen Sakko stand ihm zugegebenermaßen ausgezeichnet. Ich fragte mich, wie Noor sich fühlte, mir schien es gar nicht so einfach, von einem Mann Abschied zu nehmen, der so appetitlich aussah.

Veer reichte ihm einen Becher, er erhob diesen mit einem leicht spöttischen Lächeln und fragte noch einmal, was hier eigentlich vor sich gehe, wozu dieses Willkommens-Komitee und ob wir vielleicht einen Gangbang planten?

Niemand lachte.

Noor hatte neben ihm Platz genommen, sie hatte ihren Stuhl so zurechtgerückt, dass sie ihm ins Gesicht schauen konnte.

»Der Bezuidenhoutseweg, ist der dir ein Begriff?«

Sein Gesichtsausdruck veränderte sich, er straffte seinen Rücken und stellte die Füße nebeneinander auf den Boden.

»Ich denke, der ist jedem Haager ein Begriff.«

Noor schwieg und starrte ihn an.

Wenn jemand mich so ansehen würde, würde ich auf der Stelle mit der ganzen Wahrheit herausplatzen, in der Hoffnung, dass diese kühlen Augen sich von mir abwenden würden.

Fred jedoch hatte offensichtlich schon Schlimmeres erlebt. Er warf einen Blick auf seine Armbanduhr.

»Tut mir leid, Noor, aber dazu habe ich echt keine Lust.«

Er stand auf.

»Setzen!«

Als er gehorchte, wusste ich, dass er nicht mehr den Hauch einer Chance hatte.

Auf der anderen Seite des Fensters wurde es dunkel, ein feiner Regen trommelte wie Stecknadeln auf die Scheibe, und noch immer stritt Fred ab, dass noch eine andere Frau im Spiel war, wenn seine Leugnungen auch immer weniger farbenprächtig wurden. Wie lange saßen wir nun schon hier?

Dass Aufstehen keine Option war, war ihm klar geworden, als Noor die Autoschlüssel aus seiner Sakkotasche genommen hatte und diese lässig vor seinen Augen hin- und herbaumeln ließ, etwa eine Stunde nach seiner Ankunft.

Er hatte nicht einmal den Versuch unternommen, danach zu greifen.

Zu dem Zeitpunkt war es schon lange eine One-Woman-Show, mit Veer als treuer Stichwortgeberin. Zu meinem Erstaunen schien sie eine unschuldige Freude an dieser Situation zu empfinden.

Ich war abgeschrieben, als es mir nicht gelang, mit Noor Kontakt aufzunehmen, und mein Vorschlag, kurz zum Beratschlagen auf den Flur zu gehen, von ihr ignoriert wurde.

Mir fiel auf, dass Fred schlecht aussah. Sein Gesicht war grau, und ihm standen die Schweißperlen auf der Stirn, aber Noor war gnadenlos. Kein Essen, kein Trinken, nichts als die Wahrheit wollte sie hören. Als ob dies das einzige

Ziel wäre, woraufhin sie dann keine weitere Entscheidung treffen müsste wie zum Beispiel: Was machen wir mit Fred … nachdem er dann den Verdacht bestätigt hatte.

»Ich frage dich zum letzten Mal, ob es stimmt, dass du jeden Dienstagabend bei dieser Frau warst?« Wie oft hatte sie das nun schon gefragt? Ich hatte den Überblick verloren.

»Ich weiß von nichts.«

Eine gewisse Dickköpfigkeit konnte man ihm nicht absprechen, wenn es ihn auch zusehends mehr Mühe kostete, aufrecht sitzen zu bleiben. Er sah hundemüde aus, und ich fragte mich, wie lange Noor mit dieser sinnlosen Vorführung noch weitermachen wollte.

»Vielleicht leidet er an selektivem Gedächtnisverlust«, brachte Veer hervor. »Das kann jeden erwischen. Hat etwas mit Stress zu tun. Kann man nichts gegen machen.«

»Leidest du an selektivem Gedächtnisverlust?«, fragte Noor mit bedrohlicher Freundlichkeit.

»Schlampe!«, murmelte Fred.

Ich sah die roten Spritzer auf meinem beigefarbenen Rock, noch bevor zu mir durchdrang, dass Noor mit voller Kraft ausgeholt hatte. Das Blut schoss ihm aus der Nase.

»Noor, verdammt noch mal, mein neuer Rock!«

Die Flecken breiteten sich aus wie Tinte auf Löschpapier, in der bizarren Formation eines Rorschachtests. Ich fragte mich, was ein Psychologe daraus deuten würde.

»Ich habe Fleckenteufel da«, sagte Veer. »Don't worry.«

Fred hatte die Hände schützend vor seiner Nase gefaltet, Blut sickerte ihm zwischen den Fingern hindurch. Er starrte Noor an, als traute er seinen Augen nicht.

»Auch für Blutflecken?«, wollte ich wissen.

»Halt einfach mal den Mund, ja?« Noor hatte die Augen noch keine Sekunde von Fred abgewandt.

»Ich hatte dich gerade gefragt, ob es wahr ist«, wiederholte sie.

Freds Augen drehten etwas nach hinten weg. Er sah extrem ungesund aus.

»Ich fühle mich nicht so gut«, murmelte er.

»Das ist erst der Anfang«, versprach Noor.

Fred gab ein leises Geräusch von sich, es schien, als erlahmten all seine Muskeln auf einmal, er sackte zur Seite, behielt einen Moment lang noch die Balance und kippte dann in Zeitlupe vom Stuhl. Sein Kopf landete mit einem abscheulichen dumpfen Schlag auf dem Boden, sein Körper folgte mit leisem Poltern.

Stille.

Wir starrten auf den Mann am Boden, der sich nicht mehr bewegte, und dann guckten wir einander an.

»Meine Güte, Noor, was hast du mit ihm gemacht?«

»Nichts, nur ein einfacher Hieb.«

Ich war die Erste, die aufstand.

Ich beugte mich über Fred und sah in seine Augen, die zurückstarrten, ohne etwas zu sehen.

»Er ist tot, Noor!«, sagte ich.

Alle Farbe wich aus ihrem Gesicht.

»Der Scheißkerl!«, sagte sie leise.

9

Ich lag auf dem Gästebett – Wusel an meinen Füßen – in einem Zimmer voller Romantik, überall Pastellfarben, Stehlampen und Patchworkstickereien. Ich sah zu Noor hinüber, die in dem anderen Bett auf dem Rücken lag, die Arme unter dem Kopf verschränkt, die Augen weit offen.

Seit wir die Küche und Fred verlassen hatten, hatte sie nichts mehr gesagt.

Vera hatte in einem fort durchgeheult, die Hände vorm Gesicht, und das Einzige, was ich aus ihrem Geflenne heraushören konnte, war, dass es so schlimm für Carolien sei. Und wie wir ihr das um Himmels willen erklären sollten. Ein Punkt, mit dem ich mich noch nicht befassen wollte.

Wir hatten gar nicht erst versucht, sie zu beruhigen, und das schien sie auch nicht zu erwarten. Jeder musste für sich allein zurechtkommen, in einer Situation, die keine von uns dreien wirklich begreifen konnte.

Der Anfang dieses Tages schien endlos lange her zu sein.

Ich versuchte, mich zu erinnern, wie ich mich gefühlt hatte, als Noors Saab vor meiner Tür hielt und ich mit Wusel und meiner Reisetasche eingestiegen war. Es schien ein ziemlich normaler Tag zu sein, zu dem Zeitpunkt. Das war er nun nicht mehr.

Ein paar Meter von uns entfernt lag der tote Fred.

Falls wir eine offizielle Lösung wählen und einen Arzt oder die Polizei anrufen wollten, müssten wir das schnell tun, und dann war auf jeden Fall eines klar: dass es ein Riesentheater nach sich ziehen würde. Nichts würde je wieder sein, wie es einmal war.

Ich sah zu Vera, die zusammengesunken auf einem Sofa, vollgestopft mit Cretonne-Kissen, kauerte, die Augen rot und geschwollen, und zu Noor, die sich noch immer nicht bewegt hatte.

Sie lag dort genau wie Fred, mit diesen weit aufgerissenen Augen, und es ärgerte mich, dass wir ihn so hatten liegen lassen.

Ich stand auf und ging zur Tür.

»Wo gehst du hin?«, Noors Stimme klang schneidend.

»Zu Fred.«

Sie richtete sich auf.

»Warum?«

Ich gab keine Antwort.

Irgendwie sah Fred toter aus als noch vor einer Stunde. Eine Blutspur schlängelte sich aus seiner Nase hinein in den Kragen seines Oberhemdes, das voll roter Flecken war. Sie hoben sich scharf von seiner gelbweißen Haut ab.

Ich kniete mich neben ihn. Der Geruch von teurem Aftershave machte ihn noch mitleiderregender, und ich musste ein paar Mal schlucken, um einen Anflug von Übelkeit zu unterdrücken.

Vorsichtig ließ ich meine Hand über seine Augen gleiten. In Filmen ist das eine fast beiläufige Gebärde, bei der sich die Augenlider gehorsam schließen, aber das klappte nicht, und nachdem ich es ein paar Mal vergeblich versucht hatte, drückte ich seine Augen, eins nach dem anderen, mit dem Daumen zu.

Eigentlich hätte Carolien das tun müssen, es war der letzte Liebesdienst, den sie ihm hätte beweisen können, aber die Ironie des Schicksals wollte, dass eine ihrer Freundinnen – und bestimmt nicht ihre teuerste – neben ihrem toten Mann niederkniete, während sie in einem Bett schlief, das sie nie wieder mit ihm teilen würde.

Noch jemand betrat die Küche, und als ich mich umdrehte, stand Vera hinter mir, eine Patchworkdecke in der Hand. Schweigend breiteten wir sie über Fred.

»Meinst du, dass wir verhaftet werden, wenn es herauskommt?«

»Davon gehe ich aus.«

Sie fing leise an zu weinen.

»Was, denkst du, sollen wir tun?«, fragte ich.

»Ich will nicht ins Gefängnis«, schniefte sie.

Das war genau, was ich selbst auch nicht wollte.

»Niemand kommt ins Gefängnis.«

Wir hatten Noor nicht hereinkommen hören, was bedeutete, dass das auch ihre Absicht gewesen war. Ich erinnerte mich noch genau an das Klicken ihrer Absätze auf den Steinfliesen. Es gab mir ein mieses Gefühl, dass sie uns belauscht hatte, auch wenn wir nichts gesagt hatten, was sie nicht hören durfte.

In dem Moment fing Wusel hysterisch an zu kläffen.

»Erwartest du jemanden?«

»Natürlich nicht«, sagte Veer.

Wusel geriet völlig außer Kontrolle; ich hörte ihn über den Flur rennen und an der Haustür hochspringen, ganz offensichtlich war dort etwas im Gange.

»Sieh nach, was es ist. Das ist dein Haus, und es ist logischer, dass du dort erscheinst, als dass wir auf einmal auftauchen. Und wer auch immer es sein mag, NICHT in die Küche lassen!« Noor übernahm komplett das Kommando.

Veer zögerte, die Tränenspuren noch auf dem Gesicht, völlig verängstigt.

»Ich komme mit dir, Veer«, sagte ich.

Im Flur war es dunkel, mir fiel auf, dass das Haus von Weitem unbewohnt aussehen musste.

Nur in der Küche und in dem Gästezimmer, aus dem wir gerade kamen, brannte Licht, aber diese Zimmer befanden sich auf der Rückseite des Hauses.

Ich tastete nach dem Lichtschalter, und kurz darauf erstrahlte der Flur im Licht einer Reihe eleganter Halogenlämpchen.

Wusel hatte sich auf die Matte vor der Haustür gelegt, den Kopf platt auf dem Boden, die Schnauze dich am Türschlitz. Er knurrte tief hinten in seiner Kehle.

»Gut so, Wusel, braver Junge!« Es machte mir Mut, meine eigene Stimme zu hören.

»Gibt's hier ein Außenlicht?«

Vera knipste es an, und durch das kleine Fenster in der Eingangstür sah ich, wie der Garten jetzt von einigen versteckten Gartenlampen, die bis zum Ende des Rasens reichten, erleuchtet wurde. Der Brunnen mit der nackten Venus hob sich scharf von der dunklen Baumreihe im Hintergrund ab.

Soweit ich es beurteilen konnte, war niemand zu sehen, doch Wusel knurrte noch immer.

Ich gab ihm einen Klaps auf den Kopf, und er hörte auf.

Wir waren so still, dass ich das Blut in meinem Kopf

brausen hörte, doch allmählich gelang es mir, mehr Geräusche unterscheiden zu können.

Der Wind in den Bäumen im Garten, das Geraschel verdorrter Blätter. Und noch etwas anderes, etwas, was ab und zu gegen die Tür schabte.

Ich warf noch einen Blick durch das kleine Fenster und öffnete die Haustür einen Spaltbreit.

Vera stieß einen Schreckensschrei aus, doch ich fing an zu lachen, als ich einen dicken Igel sah, der sich durch die vor die Haustür gewehten Blätter wühlte.

»Nichts«, sagte ich fast übermütig vor Erleichterung, »rein gar nichts.«

»Fahr sofort das Auto von Fred in die Garage«, Noor winkte mit dem Autoschlüssel. »Je schneller der Wagen außer Sichtweite ist, desto besser.« Das war eher ein Kommando als eine Bitte.

»Mach's doch selbst«, sagte ich giftig. »Du musstest ja unbedingt drauflos schlagen, also regelst du den Rest mal schön allein.«

Ihr Gesicht erstarrte vor Wut, aber sie sagte nichts und lief an uns vorbei zur Haustür hinaus.

Freds Mercedes stand ein paar Meter entfernt, mit großen Schritten ging sie darauf zu, während sie ihre Autohandschuhe aus der Jackentasche holte und anzog. Alle Lichter blitzten einmal kurz auf, als sie die Autotür öffnete. Das Startgeräusch konnte man durch den Wind hindurch nicht hören, aber die Scheinwerfer tauchten das Haus in gleißendes Licht.

»Die Garage ist abgeschlossen!« Veer schlug sich die Hand vor den Mund.

»Kann man die nicht von innen aufmachen?«

Sie schüttelte den Kopf.

»Nicht von hier aus.«

»Dann musst du sie eben aufschließen.«

Ihr stand die Panik ins Gesicht geschrieben, mit Veer würden wir noch eine Menge Spaß haben, so viel stand fest.

Ich hielt meine Hand auf. »Schlüssel.«

Sie griff zum Schlüsselbord an der Haustür und drückte mir den Schlüssel in die Hand.

Als ich aus der Tür trat, ließ Noor ungeduldig die Scheinwerfer aufblinken. Ich unterdrückte den Drang danach, ihr den Mittelfinger zu zeigen, und lief zur Garage, während sie langsam beschleunigte.

Auf einmal ging mir durch den Kopf, dass sie mich ohne Probleme zwischen Stoßstange und Garagentür zerquetschen könnte. Aber warum sollte sie so etwas Schwachsinniges tun?

Ich war überrascht, dass der Gedanke in mir aufkam, aber wahrscheinlich spürte ich damals schon, was sich dann später auch bewahrheitete: dass man Noor um nichts in der Welt vertrauen konnte.

»Ich bin noch immer der Meinung, dass wir einen Arzt hätten holen sollen«, äußerte ich.

Noor warf mir einen giftigen Blick zu. »Und dann? Der hätte sofort gesehen, dass Fred einen Hieb abbekommen hat. Noch bevor du bis drei gezählt hast, hätten wir die Polizei hier gehabt. Und die Presse. Dann hätten wir morgen auf der Titelseite von *De Telegraaf* gestanden. Charles hätte mich auf der Stelle vor die Tür gesetzt!«

»Und was meinst du, was passiert, wenn du Fred hier liegen lässt?«

»Natürlich lassen wir ihn hier nicht liegen. Irgendetwas müssen wir mit ihm anstellen.«

»Was denn zum Beispiel, Noor?«, fragte ich.

»Keine Ahnung. Darf ich vielleicht einen Moment nachdenken?«

»Ich habe letztens in einem Buch gelesen, dass eine Frau, die von ihrem Gärtner ermordet worden war, von ihm unter einem Teich im eigenen Garten begraben worden ist«, warf Veer hilfsbereit ein.

»Diese Scheißbücher, die du immer liest …«, murmelte Noor.

»Das war ein literarischer Thriller«, erwiderte Veer beleidigt.

»Das war ein Kunststoffteich«, sagte ich, denn zufälligerweise kannte ich das Buch auch. »Und das hier ist ein riesiger Teich aus Steinen. Nun, wie stellst du dir das vor, Veer, einen Bulldozer kommen lassen, um ein Loch in den Boden machen zu lassen? Außerdem wärst du ja wohl schön blöd, Fred in deinem eigenen Garten zu vergraben. Wenn er jemals entdeckt wird, dann bist du als Erste dran.«

Wir saßen uns gegenüber und sahen uns giftig an. Klar war, dass irgendetwas passieren musste, und ich bereute, dass ich bei den Polizeiserien im Fernsehen nicht besser aufgepasst hatte. Was ich behalten hatte, war zu vage, als dass man es hätte anwenden können. Das Einzige, was ich genau wusste, war, dass wir, so gut es ging, Freds Spuren beseitigen mussten.

Es war ja schön und gut, dass sein Auto jetzt in der Garage stand, aber das war nur eine vorübergehende Lösung. Hatten wir vor, es endgültig woanders zu parken – Gott weiß, was wir damit anstellen sollten –, dann durften wir damit nicht lange warten.

Carolien würde Fred zweifellos als vermisst melden, und dann würde man nach ihm suchen. Das Kennzeichen seines Autos würde öffentlich bekannt gegeben werden, und von dem Moment an war es außerordentlich riskant, mit dem Wagen herumzufahren.

Was wir mit Fred selbst machen sollten, war ein derart großes Problem, dass mein Kopf sich weigerte, sich im Moment damit zu befassen.

Mir war ein bisschen übel, es war inzwischen mitten in der Nacht, und ich hatte schon seit fast fünfzehn Stunden nichts mehr gegessen.

Wusel übrigens auch nicht. Er legte seinen großen Kopf auf meinen Schoß und sah mich treuherzig an.

Ich streichelte sein weiches Fell und stand auf.

»Ich mache die Beefsteaks.«

»In der Küche?«, fragte Veer.

»Ja, wo sonst.«

»Und Fred?«

Daran hatte ich gerade nicht gedacht.

Mit einer Leiche im Haus wurde auf einmal alles zum Problem.

»Wo könnten wir ihn denn so lange hinlegen, Veer?«

»Ich weiß es nicht.« Ihr stiegen schon wieder die Tränen in die Augen.

Das half mir dabei, mich tapferer zu präsentieren, als ich mich eigentlich fühlte.

»Dann überlegen wir uns selbst etwas. Kommst du mit, Noor?«

Fred war schwerer, als ich erwartet hätte, von Totenstarre war jedoch noch nicht viel zu merken.

Sein Kopf fiel nach hinten, als wir ihn hochhoben, Noor seine Arme, ich die Beine. Wir schleppten ihn durch den Flur und wuchteten ihn in das zweite Schlafzimmer, während Veer im Hintergrund protestierte, weil sie dort normalerweise immer schlief.

»Dann schläfst du heute Abend eben woanders, Zimmer gibt es ja wohl genug«, schnauzte Noor.

»Aber da hängen alle meine Klamotten!«

»Ich denke nicht, dass Fred sich daran vergreifen wird, was meinst du, Tess?«

»Nein«, sagte ich.

Veers hysterisches Getue ging allmählich auch mir auf die Nerven.

»Ich werde keinen Bissen hinunterkriegen«, verkündete sie etwas später.

Nachdem wir in der Küche erst den Boden geschrubbt hatten, hatten wir den Tisch wieder in die Mitte des Raumes geschoben, die Stühle drum herum. Mit ein wenig Anstrengung konnte man sich nun selbst einreden, dass in diesem Raum gar nichts Besonderes passiert war.

Ich goss einen Schuss Olivenöl in die Pfanne, ließ sie heiß werden, briet die Beefsteaks von zwei Seiten an, bis sie braun wurden, goss das Öl aus der Pfanne ab und tat einen ordentlichen Klumpen Butter hinein. Es zischte vielversprechend, und von dem herrlichen Geruch lief mir das Wasser im Mund zusammen. Wusel aß gierig das Brot auf, dass ich für ihn gemacht hatte. Nachher würde ich ihn rauslassen müssen – und allein in den Garten gehen, eine unheimliche Vorstellung. Absurd eigentlich, denn die wirklich Kriminellen befanden sich hier im Haus.

Wir futterten wie die Wölfe, selbst Veer, und zweimal setzte ich eine Kanne Tee auf, den wir dann in große Becher gossen und, die Ellbogen auf dem Tisch gestützt, unsere Hände daran wärmten.

Auf eine eigenartige Weise war es gemütlich, ich stellte mir vor, dass Menschen in Luftschutzkellern sich so fühlen mussten. Die lebensbedrohliche Gefahr ist zwar ständig anwesend, aber dann sind da noch die anderen in spürbarer Nähe, die in der gleichen Situation sind, und so etwas verbindet.

Wir räumten die Küche auf, und ich ging tapfer mit Wusel auf den Flur hinaus.

»Dass du dich nach draußen wagst!«, sagte Veer voller Bewunderung.

Dabei war das eigentlich nicht so heldenhaft. Der Garten war lichtdurchflutet, ich lief an der Vorderseite des Hauses auf und ab und ließ Wusel ungeniert sein Geschäft in den Rabatten verrichten.

Eine halbe Stunde später lagen wir im Bett, Noor und ich unten, während Veer in ein Zimmer im ersten Stock umgezogen war.

Ich schlief unruhig, immer wieder sah ich das Gesicht von Fred vor mir, kurz bevor er vom Stuhl fiel. Ich konnte noch immer nicht glauben, dass er tot war und dass wir ihn durch die Gegend geschleppt hatten wie ein Möbelstück, das man verrücken musste.

Ich wachte schreiend und wild um mich schlagend auf, als jemand an meiner Schulter rüttelte und mir mit einer Taschenlampe in die Augen leuchtete.

Glücklicherweise schrie Veer genauso laut zurück, was mich wiederum beruhigte, soweit davon die Rede sein kann, wenn einem fast das Herz stehen bleibt. Während ich vornübergelehnt versuchte, zu Atem zu kommen, knipste Veer eine Stehlampe an. Warum hatte sie das nicht gleich getan?

Noor stand mitten im Zimmer, in den Händen eine große Vase, zum Zuschlagen bereit. Von meinem Geschrei hochgeschreckt, war sie innerhalb weniger Sekunden bereit für den Kampf gewesen.

Wir sahen zu Veer, die zu meinem Erstaunen in einem Flanellschlafanzug mit Heinzelmännchenaufdruck steckte.

»Ich habe vollkommen vergessen, dass morgen die Putzfrau kommt. Jeden Freitag um neun Uhr, ob ich da bin oder nicht.«

Sie begann auf den Nägeln von vier Fingern gleichzeitig zu kauen.

Noor sah auf ihre Armbanduhr.

»Das ist in zwei Stunden, du Idiot! Wie kann man nur so etwas vergessen!«

Ich richtete mich zitternd auf und begann mich anzuziehen.

Noor tat es mir nach, unsere Klamotten lagen durcheinander auf dem Stuhl, auf den wir sie vor nur wenigen Stunden geworfen hatten. Vera beachteten wir nicht weiter.

»Soll ich mitkommen?«, fragte sie.

Wir antworteten nicht einmal.

Ich hatte meine Schwierigkeiten mit Noor, aber eins musste ich ihr lassen, im schnellen Wegschaffen einer Leiche war sie unübertrefflich.

Wir packten Fred und trugen ihn zur Haustür, wo wir ihn kurz ablegten, um erst die Garage und den Kofferraum seines Autos aufzumachen. In kürzester Zeit hatte er sich von einem Mann, der uns wohlbekannt war, in einen unhandlichen Gegenstand verwandelt, den wir so schnell wie möglich loswerden wollten.

Es war ein ziemlicher Kraftakt, ihn in den Kofferraum zu kriegen.

Jetzt, da er steif geworden war, schien es, als würde er sich unseren Plänen widersetzen.

»Wir hätten ihn gestern Abend ordentlicher hinlegen sollen«, sagte Noor, während sie mit Schweißperlen auf der Oberlippe versuchte, seinen rechten Arm näher an seinen Körper heranzukriegen. Immer wenn sie den Arm wieder losließ, schoss er in die alte Position zurück, so als wollte er sie umarmen.

Noor zeigte keine Emotion. Sie stellte den Reservebenzinkanister auf den widerspenstigen Arm und drückte und schob damit so lange den Arm herum, bis Fred so lag, wie sie es wollte.

Ich stand tatenlos daneben und guckte zu. Es war wirklich eigenartig, wie der uns bekannte Fred sich von diesem steif gewordenen Körper unterschied.

Auf der letzten Party bei ihm zu Hause hatte er, leicht angetrunken, den Arm um mich gelegt, die Hand unter meinem Arm hindurchgeschoben und an meiner Brust herumgefummelt.

»Und was wärest *du* gerne von mir?«

Seine Zunge glitt wie eine Schlange an meinem Ohrläppchen entlang.

»Deine Witwe«, sagte ich.

Danach habe ich ihn für den Rest des Abends nicht mehr gesehen.

Jetzt bereute ich, was ich gesagt hatte, denn auch wenn ich nicht seine Witwe war, hatte sich mein Wunsch doch auf eine gewisse Art erfüllt, und ich würde einiges dafür tun, dies ungeschehen zu machen.

Noor warf den Kofferraumdeckel zu und stützte die Hände in die Seite.

»Du kannst von Glück sagen, dass das nicht deine tägliche Arbeit ist!«

Gerade rechtzeitig waren wir zurück im Haus.

Mühsam gegen den Wind ankämpfend, kam eine Frau die Auffahrt hinaufgeradelt, sie war in eine Plastikfolie in einer scheußlichen rosa Farbe gehüllt. Die Vorderseite des Capes hing über den Lenker, darunter traten kräftige Beine gegen den Wind an.

»Maria«, sagte Vera.

Sie hatte sich zwar angezogen, aber sie sah furchtbar aus.

Während Noor und ich uns ins Gästezimmer zurückzogen, hörten wir, wie sie ihrer Putzfrau erklärte, dass sie eine Grippe hätte und daher sogleich wieder zurück ins Bett gehen würde. Der Kaffee stehe in der Küche bereit, der große Hund tue nichts und, ach ja, das Gästezimmer unten brauche sie heute nicht zu putzen, da Freundinnen zu Besuch wären.

Die kommenden drei Stunden überlegten Noor und ich, wie es jetzt weitergehen sollte, während im Haus Staubsaugergeräusch und die heisere Stimme Marias erschallten, die einen deutlichen Hang zu alten Schlagern von Imca Marina an den Tag legte.

Im Grunde gab es nicht wirklich viel, was getan werden musste, eigentlich waren es nur zwei Dinge, wobei das Wegschaffen des Autos noch ein bisschen warten konnte.

Fred war jedoch ein anderes Kapitel. Der musste unter die Erde, und zwar so schnell wie möglich.

Wir wussten, dass im Schuppen genug Spaten und anderes praktisches Zeug stand. Die Frage war, wie tief ein Grab sein musste. Noor, die meinte, dass sie ungefähr so groß sei wie Fred, legte sich auf den Boden, während ich den Raum bemaß, den sie in einem Grab benötigen würde. Die Tiefe war ebenfalls wichtig, er durfte nicht durch das erstbeste Kaninchen ausgegraben werden.

Von seiner Oberseite aus einen Meter tief, schätzten wir. Zur Sicherheit würden wir anderthalb Meter tief graben müssen.

»Das ist furchtbar viel Erde, die wir wegschaufeln müssen«, sagte Noor, als sie wieder aufstand. »Wie sollen wir das um Himmels willen schaffen! Und je tiefer wir kommen, desto höher müssen wir den Spaten schwingen, um die Erde herauszubekommen. Das schaffen wir niemals in einer Nacht.«

»Nacht?«

Sie sah mich mitleidig an. »Was dachtest du denn, tagsüber ein Grab ausheben? Und wenn jemand vorbeikommt, um zu schauen, was wir da veranstalten, sagen, dass wir dabei sind, Blumenzwiebeln zu pflanzen?«

Wir schwiegen eine Weile, ich denke, dass keine von uns beiden zugeben wollte, dass eine Grube nicht die ideale Lösung war. Wir würden es einfach nicht schaffen, so simpel war das.

»Einen Brunnen«, sagte Noor. »In den wir ihn hineinwerfen können, und dann ungelöschten Kalk darüberstreuen.«

»Sein Auto irgendwo abstellen, wo es still ist, und dann in Brand stecken.«

Sie sah mich nachdenklich an.

»Weißt du, dass das von allen Ideen bisher die beste ist?«

Aber auch der Plan setzte sich schlussendlich nicht durch.

Als der zweite Tag, den wir in Veers Haus verbrachten, fast zu Ende war, lag Fred noch immer im Kofferraum, jetzt allerdings in Landwirtschaftsfolien eingewickelt, die wir mit breitem Klebeband hermetisch abgedichtet hatten.

Noor war damit nach Hause gekommen, nachdem sie, als Veer und ich aufgewacht waren, zunächst spurlos verschwunden schien.

Klamotten weg, Saab weg, Noor weg.

Zwei Stunden später kam sie die Auffahrt hochgefahren. Sie hatte die Planen zur Sicherheit bei drei verschiedenen Adressen besorgt, etwas entfernt voneinander. An einem Stück wäre es praktischer gewesen, aber das würde auch mehr auffallen. Man weiß ja nie, ob die Polizei bei Vermisstenanzeigen nicht einen Aufruf startet, die Käufer von dieser Art von Plastikfolien zu suchen.

Wir umjubelten sie für diese Erkenntnis und für den Kauf.

Dass Fred ein bisschen unangenehm roch, berührte uns nicht weiter.

Wir hatten Küchenhandschuhe angezogen und uns jede ein Geschirrhandtuch um die Haare gewickelt. Aus Filmen wussten wir, dass man nur sehr wenig braucht, um der Polizei seine DNA sozusagen auf dem Silbertablett zu präsentieren.

Ein ausgefallenes Haar konnte darüber entscheiden, ob man freikam oder jahrelang im Frauenflügel vom Knast in der Bijlmer verschwinden würde, wo es bestimmt nicht so lustig war, wie es im Fernsehen schien.

Nachdem wir Fred in ein Nikolausüberraschungspaket verwandelt hatten, überlegten wir am Küchentisch, wie wir weiterverfahren sollten.

Eines war jedenfalls klar: Bis das Problem Fred gelöst war, musste permanent jemand in Veers Haus bleiben.

Es durfte auf keinen Fall passieren, dass jemand, zum Beispiel ein Dieb, die Garage aufbrechen und Fred finden würde.

In dem Moment, als Noor das sagte, erklang ein eigenartiges Geräusch in meinem Kopf: eine Kirchenglocke, die läutete, ein Klöppel gegen eine kupferne Schiffsglocke, ein Champagnerkorken, der mit einem Knall in den Raum schoss.

Ich hatte die Lösung!

Ich wusste, was wir mit Fred machen würden!

Noor parkte Freds Auto in der nicht allzu belebten Straße, die wir als Ziel ausgewählt hatten. Sie sah unauffällig aus, in einer braunen Regenjacke mit einem Schal um die Haare geknotet, und als sie aus dem Auto stieg und über die Straße ging, schenkte ihr niemand Beachtung.

Ein paar Minuten später betrat sie das Café, in dem Veer und ich an einem Tisch am Fenster saßen. Wir sahen einander zufrieden an: Phase eins wäre geschafft.

Wir hatten uns über Suchprogramme im Internet gut informiert. In unserer werten Stadt wurden jede Woche Dutzende von Autos gestohlen. Zu den Marken, die bei Autodieben am beliebtesten waren, gehörte Freds Mercedes, und das war gut zu wissen, denn sein Auto musste so schnell wie möglich verschwinden. Dass sich eine in Landwirtschaftsfolie eingerollte Leiche im Kofferraum befand, war eine Überraschung, die der Dieb erst entdecken würde, wenn er das Auto später auf seine hübschen kleinen Extras untersuchen würde.

Zusammen mit dem Auto würde er unser Problem übernehmen. Ich war noch immer stolz, dass ich auf diese geniale Idee gekommen war.

Ich löffelte den Schaum von meinem Milchkaffee. Während ich, ohne an etwas Besonderes zu denken, aus dem Fenster sah, fielen mir zwei Dinge gleichzeitig auf. Ein Stück entfernt stand ein Parkscheinautomat, der uns total entgangen war, und am Ende der langen Straße tauchte der Jeep eines Parkwärters auf.

»Du kleckerst!«, sagte Noor missbilligend.

Ich zeigte sprachlos nach draußen.

Im nächsten Moment hatte sie ihre Jacke an und war auf dem Weg zur Tür.

Wir sahen sie schnell über die Straße laufen, wobei sie sich ihr Kopftuch umknöpfte. Der Jeep nahm an Fahrt auf. Parkwärter mögen diese Art von Leuten nicht besonders, die in dem Moment, in dem sie ankommen, in ihr Auto springen und wegfahren.

Aber Noor war schneller. Sie lenkte bereits aus der Parklücke heraus, als der Jeep sie erreichte. Wir sahen sie freundlich und mit einem dicken Grinsen auf dem Gesicht in Richtung der Männer winken, ihr Schal war etwas nach hinten gerutscht, eine glatte Strähne glänzendes rotbraunes Haar fiel ihr ins Gesicht. Die Männer sagten etwas zueinander und lachten, verzichteten allerdings darauf zurückzuwinken. Das wäre dann doch etwas zu weit gegangen.

Ein paar Minuten später vibrierte mein Handy.

»Mädels, wir müssen uns einen anderen Ort überlegen«, sagte Noor.

10

In *De Maegd* war es irgendwie anders als sonst. Weniger gemütlich, nicht mehr so vertraut.

Ich setzte mich an einen Tisch und wartete auf die anderen.

Lieber wäre ich nicht gekommen, und Veer dachte ähnlich darüber, aber Noor hatte uns beschworen, dass wir nichts tun dürften, wodurch wir auffallen könnten. So etwas wie nicht in *De Maegd* erscheinen zum Beispiel.

Dem Treffen mit Carolien sah ich mit Schrecken entgegen. Was sagt man zu der Frau, die nicht weiß, dass du zusammen mit ein paar Freundinnen ihren Mann in einen Kofferraum gepackt hast?

Sein Auto war im Übrigen immer noch nicht verschwunden, hatte Noor am Mittag konstatiert. Sie klang entrüstet.

Auf der Amsterdamse Veerkade brauchtest du dich nur einmal umzudrehen, und schon war dein Auto weg. Wenn man selbst darauf nicht mehr zählen konnte, welche Sicherheiten blieben einem dann noch im Leben? Es gab Menschen, die würden einen Mord begehen für solch ein Auto, und der Dieb, dem wir Freds Auto so von Herzen gönnten, brauchte dies nicht einmal zu tun, denn das hatten wir bereits für ihn erledigt. Es war reine Undankbarkeit, dass dieser schöne, prächtige Mercedes noch immer am selben Platz stand.

Ich schoss hoch. Carolien war hereingekommen. Auf den ersten Blick sah sie nicht wirklich anders aus, aber als sie näher kam, sah ich dunkle Schatten unter ihren Augen.

Sie bestellte einen Espresso, streute ein ganzes Päckchen Zucker hinein und begann zu rühren, den Kopf über die Tasse gebeugt.

Ich rang nach Worten. »Wie geht es dir« war dann doch zu heuchlerisch. Aber alles andere, was mir einfiel, war irgendwie doppeldeutig.

»Bist du müde?«

Ich schrak von ihrer Frage hoch.

»Nee, warum?«

»Du bist so still.«

»Ich hänge mit meiner Arbeit fest. Wird schon wieder, es gibt solche Tage.«

Sie nickte, als wüsste sie genau, wovon ich sprach. Nicht unwahrscheinlich, bei einem Mann wie Fred.

»Ich brauche deinen Rat.« Sie sah mir jetzt gerade in die Augen. Eigentlich war es gar nicht so schlimm, ihr in die Augen zu sehen, alles war in bester Ordnung, solange ich mir einredete, dass sie nichts ahnte.

»Ich habe schon seit ein paar Tagen keinen Kontakt mehr zu Fred. Er ist Donnerstag nach Belgien gefahren, Kunden besuchen. Er wollte etwa drei Tage dort bleiben, und meistens ruft er jeden Tag kurz an. Aber ich habe nichts von ihm gehört. Glaubst du, es ist übertrieben, zur Polizei zu gehen?«

Ich schluckte. Das Wort Polizei gefiel mir nicht, es klang bedrohlich.

»Was willst du der Polizei denn sagen?«

»Dass ich mir Sorgen mache, weil er nicht angerufen hat, aber das klingt so albern.«

»Warum rufst du nicht *ihn* an?«

Sie errötete. »Er hat sein Handy nicht dabei. Er mag es nicht, wenn man ihn bei der Arbeit stört.«

»Und was haben sie in seinem Hotel gesagt?«

Ihre Wangen wurden noch röter.

»Er bleibt immer nur eine Nacht in demselben Hotel. Ich brauche die Nummer normalerweise gar nicht, denn er ruft immer mich an, und am nächsten Tag wohnt er dann ja schon wieder woanders.«

»Wann sollte er nach Hause kommen?«

»Spätestens morgen.«

»Solltest du dann nicht noch einen Tag warten? Ich meine, nach morgen hast du wenigstens einen Grund, dir Sorgen zu machen.«

Und uns gibt es einen Tag Spielraum, einen Tag, an dem das Auto mit deinem Mann vielleicht für immer verschwunden sein wird, einen Tag, der uns die Möglichkeit gibt, nicht gefasst zu werden, dachte ich weiter.

»Aber da ist noch etwas. Fred ist nicht gesund. Eigentlich müsste er sofort mit dem Arbeiten aufhören. Er hat ernsthafte Herzbeschwerden. Wenn er sich nicht schnell operieren lässt, besteht das Risiko eines Herzstillstands. Aber er ist so eigenwillig. Fühlt sich noch immer wie ein Macho in den besten Jahren, verstehst du. Er kann nicht akzeptieren, dass er eigentlich ein kranker Mann mittleren Alters ist. Er ist nachlässig mit seinen Medikamenten, ich habe sie im Badezimmerschrank gefunden, und das macht mich schrecklich nervös. Wenn er sich nicht gut fühlen sollte, hat er nichts bei sich.«

Ich schnappte nach Luft. Ihre fast beiläufig gemachte Mitteilung tauchte die Welt auf einmal in ein komplett neues Licht. Alles, was in den letzten Tagen passiert war, sah dadurch auf einmal anders aus. Wie Puzzleteile fügten die Dinge sich ineinander.

Wir hatten uns ja gleich nicht vorstellen können, dass Fred durch Noors Schlag gestorben sein könnte, wie heftig er auch gewesen sein mag. Seine Nase war nicht mal gebrochen, das wäre mir aufgefallen, als ich versucht hatte, ihm die Augen zuzudrücken.

»Ich habe solche Angst, dass ihm im Auto unwohl geworden ist und er daraufhin irgendwo auf einem Parkplatz zusammengebrochen ist. Aber dann hätte ihn doch bestimmt jemand gefunden, meinst du nicht?«

Aus den Augenwinkeln heraus sah ich Noor und Vera hereinkommen. Einen unpassenderen Moment hätten sie sich nicht auswählen können. Ich wollte noch viel mehr von Carolien hören, aber sie waren jetzt schon fast an unserem Tisch angekommen.

Carolien legte schnell ihre Hand auf die meine.

»Sprich mit niemandem darüber. Ich bin mir nicht sicher, ob ich es jetzt schon erzählen möchte.«

Vera setzte sich, während sie unsicher zu Carolien hinüberlachte. Diese stand auf und küsste sie auf beide Wangen. Ich dachte, dass Veer auf der Stelle zusammenbrechen würde.

»Wie schön, dich wiederzusehen, Veer. Ich habe dich ein paar Mal angerufen, aber du hast nicht abgenommen. Du bist so viel unterwegs in der letzten Zeit.«

»Sie war krank, und eigentlich geht es ihr noch immer nicht besser. Ich würde an deiner Stelle nicht so lange bleiben, Veer!« Noors Stimme klang herzlich, aber die Art, wie sie Vera ansah, gefiel mir nicht. Veer merkte natürlich nichts.

»Du hast ja recht, ich bleibe eine Stunde, und dann geh ich wieder zurück ins Bett.« Sie sah Noor dankbar an. Aber diese hatte ihre Aufmerksamkeit bereits auf Carolien gerichtet.

»Lange nicht gesehen, Caro. Gibt's was Neues?«

Natürlich hatte sie uns, als sie hereinkam, verschwörerisch die Köpfe zusammenstecken sehen. Und jetzt wollte sie wissen, was wir besprochen hatten. Nichts durfte ihrer Spielführung entgehen, alles, was passierte, stellte eine potenzielle Gefahr dar. Ich habe noch nie jemanden gesehen, der so auf der Hut war, sich so wachsam zeigte und dabei durch und durch voller Argwohn steckte.

Carolien zögerte, und ich verstand ihr Dilemma. Nach dem kommenden Tag würde sie mit ihrer Sorge zur Polizei gehen, und auch wenn ich keine Ahnung hatte, was dann passieren würde, so würde das doch in jedem Fall irgendeine Form der öffentlichen Aufmerksamkeit zur Folge haben. Dann würde es doch sehr merkwürdig sein, dass sie jetzt nicht mit uns darüber gesprochen hatte.

Aber sie wurde vom Gong erlöst. Die Tür von *De Maegd* öffnete sich, und da stand Minka mit wirren Haaren und breitem Lächeln auf einem ermüdeten Gesicht.

»Wein!«, rief sie, als sie sich auf den letzten freien Stuhl fallen ließ. »Ganz viel Wein! Ich komme gerade von meiner Schwiegermutter zurück, Roel ist bei den Kindern, und ich schwänze.«

Sie sah in die Runde.

»Wie wunderbar, euch wiederzusehen. Endlich normale Menschen um mich herum! Ist hier irgendwas Besonderes passiert?«

Sie wartete unsere Antwort nicht ab, und recht hatte sie. Wir waren ein Grüppchen langweiliger Tanten, die nie etwas erlebten. Die Welt konnte von Tsunamis, Erdbeben und Bombenanschlägen heimgesucht werden, doch unser Leben plätscherte weiter vor sich hin.

Ich sah zu Minka, während sie von dem anstehenden Umzug ihrer Schwiegermutter ins Pflegeheim erzählte. Minka war gerade dabei, deren Sachen auszumisten.

»Was für ein Schwein wir doch haben, dass du nicht arbeitest!«, hatten ihre Schwägerinnen dankbar gesagt.

Sie trank und plapperte einfach weiter, in der Überzeugung, dass sie von uns fünfen die Einzige mit einer Geschichte war, und jeder von uns hatte seinen persönlichen Grund, ihr für diese Ablenkung von Herzen dankbar zu sein.

Ich sah, dass sogar Veer dadurch wieder etwas an Sicherheit gewann.

»Aber ohne dich schaffe ich es nicht, Tess. Roel ist so viel unterwegs, ich kann nie wirklich mit ihm planen. Ich bin so froh, dass du zum Aufpassen kommst, die Jungs finden das wunderbar.«

Es folgte eine Stille, woraufhin ich eilig erklärte, dass ich, wenn es nach mir gehen würde, den Rest meines Lebens für ihre Kinder sorgen könnte. Sie zog kurz die Augenbrauen hoch und entschied sich dann dafür, dass das nicht wörtlich gemeint war.

»Wie wunderbar, dass ich immer auf dich zählen kann.«

»Wir können immer alle aufeinander zählen«, sagte Noor.

Ich fragte mich, ob es an mir lag, dass ich alles, was sie sagte, als Drohung empfand.

Aber ich hatte keine Zeit, mich weiter damit zu befassen, denn da entschied Carolien, dass der Moment gekommen war, über ihre eigenen Sorgen zu reden.

Während sie von Fred erzählte, der so krank war und jetzt vom Erdboden verschluckt zu sein schien, betrachtete ich die Frauen, die für mich bis vor Kurzem noch Sicherheit und Wärme bedeutet hatten.

Hier, in diesem Raum, hatten wir eines Abends einander feierlich erklärt, dass Männer kommen und gehen, unsere Freundschaft aber ewig bestehen würde. Gut, wir hatten damals schon einiges getrunken, aber das änderte nichts an der Tatsache, dass wir es vollkommen ernst meinten.

Jetzt war von dem schönen Zusammengehörigkeitsgefühl nichts mehr zu spüren. Nun war jeder auf sich allein gestellt, und ich fragte mich, wie es mit uns weitergehen sollte. Klar war auf jeden Fall, dass die Komplikationen erst anfingen.

Minka, die Einzige, für die jedes Wort, das Carolien sagte, neu war, hörte atemlos und mit steigender Besorgnis zu. Vera sah von Minute zu Minute elender aus. Und mich, die ich die Geschichte zum zweiten Mal an diesem Abend hörte, berührte sie aufs Neue. Zweifellos, Carolien war krank vor Sorge. Die Einzige, die keine Miene verzog, war Noor. Erst als Carolien sich zu Vera vorbeugte und sie fragte, ob sie doch bitte mit zur Polizei kommen könnte, weil ihr das so schwer im Magen lag, kam Leben in sie.

»Ich denke, dass es besser wäre, wenn ich mitkomme, Caro, so wie ich es einschätze, sollte Veer ein paar Tage im Bett bleiben mit dieser Grippe.«

Carolien zögerte. Noor war nicht ihre beste Freundin. Auf der anderen Seite schien Veer im Augenblick tatsächlich nicht so, als ob man große Hilfe von ihr erwarten könnte.

»Gern, Noor«, sagte sie mit einem gewissen Widerwillen in der Stimme.

Das entging Noor natürlich nicht, aber für sie zählte einzig und allein, dass sie einen Vorteil für sich verbuchen konnte.

Das schwächste Glied in der Beweiskette, von der man befürchten musste, dass sie auf der Polizeiwache mit der ganzen Geschichte herausrücken würde, war auf jeden Fall aus der Gefahrenzone entfernt.

Coen hatte es allmählich satt, dass er noch immer keinen neuen Text von mir bekommen hatte. Von unserem jovialen Verhältnis war nur noch wenig zu spüren. Er mailte, dass er am nächsten Morgen um neun Uhr eine brauchbare Druckvorlage in seinem Posteingang vorfinden wolle, und beendete die Mail grußlos.

Glücklicherweise gab es auch positive Neuigkeiten: Die Redaktion einer der Hauswurfsendungen, für die ich schrieb, wollte einen Termin für eine Serie machen, die bei ihnen gerade in Planung war. Interviews mit einkaufenden Müttern, um den Werbeprospekt des größten Supermarktes der Stadt ein bisschen interessanter zu gestalten. Wann ich vorbeikommen könnte?

Mir fiel ein Stein vom Herzen, es gibt nichts, was für einen Selbstständigen so angenehm ist wie feste Rubriken. Jeden Monat bei null anzufangen, um sich sein Einkommen zusammenzuschreiben, ist nervenaufreibend. Und ich hatte nun schon furchtbar lange nichts verdient.

Natürlich wollte ich ebenfalls versuchen, Coen als Kunden zu behalten, und weil mir nichts Besseres einfiel, wandte ich erneut den Rat an, den Pè mir gegeben hatte, als ich mit dem Tischgeschirr nicht weiterkam.

Schließlich gehören Geschirr und Besteck zusammen, kein Mensch isst mit den Händen von einem hübschen Teller. Vom Schlafmangel der letzten Nächte war mir schwindelig – ich hatte kein Auge zugetan, seitdem ich wieder zu Hause war; ich schrieb, dass dieses Besteck auch dem Sonnenkönig gefallen hätte. Elegant und raffiniert, du fühlst dich damit wie in Versailles.

Ich fragte mich, wie Pé das gefallen hätte, und kam zu dem Schluss, dass mir das eigentlich vollkommen egal sein konnte.

Ich mailte den Text und legte mich auf die Couch. Nachher noch kurz mit Wusel raus und dann ins Bett. Irgendwann muss doch der Moment kommen, dass man nicht mehr wach bleiben kann, ob man will oder nicht.

Aber es kam natürlich anders. Am späteren Abend stand auf einmal Noor vor der Tür.

»Er ist weg!«, meldete sie triumphierend.

Einen Moment lang wusste ich nicht, wovon sie sprach.

»Wer ist weg?«

»Ich bin gerade vorbeigefahren. Da steht jetzt ein VW-Bus.«

Sie hatte Veer und mir ans Herz gelegt, nicht am Telefon über »die Sache« zu sprechen. Bei diesem ganzen Terrorismustheater wusste man nie, ob jemand mithörte oder ob die Gespräche automatisch aufgenommen wurden, um dann später, wenn sich ein Grund dafür ergab, abgehört zu werden. Wenn wir einander etwas Wichtiges sagen wollten, mussten wir uns besuchen, anders ging es nicht.

»Komische Vorstellung, dass Fred jetzt tatsächlich spurlos verschwunden ist.«

Sie zuckte mit den Schultern.

»Ich war heute Mittag mit Carolien bei der Polizei. Sie haben sehr ernst genommen, was sie erzählte. Aber sie konnten natürlich erst einmal nicht viel tun, vor allem, da Carolien nicht weiß, ob Fred in Belgien oder Holland verschwunden ist. Und dass sie keine Ahnung hat, in welchen Hotels er übernachtet hat, macht es auch nicht einfacher. Ich sterbe vor Durst!«

Sie setzte sich in Pés Clubsessel, das große lederne Monstrum schien eine unwiderstehliche Anziehungskraft auf meine Freundinnen auszuüben. Ich selbst hing ebenfalls Tag für Tag mehr an diesem Ding. Solange Pé das Monster hier stehen ließ, war er auf jeden Fall nicht definitiv weg.

»Wie ging es ihr?«, fragte ich, während ich Weißwein einschenkte.

»Krank vor Sorge natürlich. Aber sie denkt keine Sekunde an eine Straftat, das hat sie auch der Polizei gesagt. Sie denkt, dass Fred vielleicht irgendwo unterwegs an einem stillen Ort aus dem Auto gestiegen ist, weil er sich nicht gut gefühlt hat, und dort einen Herzanfall bekommen hat. An sich eine ziemlich unwahrscheinliche Geschichte. Das dachte der Ermittlungsbeamte meiner Meinung nach auch. Er fragte, wo dann Freds Auto geblieben sein sollte, aber darauf ist Carolien überhaupt nicht eingegangen. Sie stand kurz vorm Zusammenbruch, daher hat er es erst einmal dabei belassen. Für uns ist nur gut, dass alles so undurchschaubar ist.«

Ihre Gleichgültigkeit machte mich rasend.

Zwar war nun denkbar, dass wir Fred tatsächlich los waren, aber das machte es nicht weniger schlimm. Mein Schuldgefühl wuchs mit jedem Tag, vor allem jetzt, nachdem ich gesehen hatte, in was für einem Zustand sich Carolien befand. Noor dagegen schien das wahrhaftig nichts auszumachen.

Sie saß mir gegenüber, trank flink ihren Wein aus und betrachtete mich mit zusammengekniffenen Augen.

»Interessanter als der ganze Fred ist, wie ihr weiter damit umgeht. Veer und du. Was passiert ist, kann man nicht ungeschehen machen, und damit musst du leben können. Dir wird das auch gelingen, denke ich. Aber bei Veer liegt die Sache anders. Nicht auszudenken, was passiert, wenn sie irgendwann einmal von der Polizei befragt wird.«

Das hatte ich mir längst selbst überlegt, aber was sollten wir machen? Das Beste hoffen, mehr konnten wir nicht tun.

Doch Noor dachte anders darüber.

»Wir können uns nicht erlauben, dass sie durchdreht. Du auch nicht, Tess! Du glaubst doch nicht, dass du jemals wieder einen Auftrag bekommst, nachdem in allen Zeitungen stand, dass du am Tod von Fred beteiligt warst.«

Ich spürte die Gänsehaut auf meinen Armen. Worauf wollte sie hinaus?

»Ich denke, sie sollte lieber eine Zeit lang ganz aus der Gegend verschwinden, und das wirst du ihr verklickern müssen, Tess, mir vertraut sie nicht. Sitzt nicht irgendein Familienmitglied von ihr auf Curaçao, um dort sein Geld zu verprassen? Ein paar Monate Urlaub werden ihr guttun.«

»Und du denkst, dass sie ins erstbeste Flugzeug steigt, nur weil uns das gerade so passt?«

Noor zuckte mit den Schultern.

»Warum nicht? Sie ist todunglücklich hier. Da kann es nur besser für sie sein.«

»So einfach ist das alles nicht, Noor.«

Sie stellte ihr Glas ab und stand auf.

»Ich habe mich, verdammt noch mal, abgerackert, um da zu landen, wo ich jetzt bin. Und ich habe keine Lust, alles zu verlieren, nur weil irgendjemand den Mund nicht halten kann. Also, Tess, bearbeite sie ein bisschen. Sorg dafür, dass sie in Urlaub fährt, in ihrem eigenen Sinne.«

Zum zweiten Mal an diesem Abend kroch mir eine Gänsehaut über Arme und Rücken.

Noor schien dagegen vollkommen gleichgültig gegenüber dem Effekt ihrer Worte zu sein.

Sie öffnete die Zimmertür und winkte mir kurz zu, auf diese alberne Art, bei der sich nur die Finger der Hand bewegen. Kein Lächeln. Aber warum sollte sie auch, besonders witzig war es ja nicht, was sie gerade gesagt hatte.

11

Mail von Coen an Tess:
In der Zeit des Sonnenkönigs gab es noch kein Besteck. Auch der König und sein Hofstaat aßen mit den Händen.

Mail von Tess an Coen:
Das kommt, weil sie dieses Besteck nicht hatten: »Ein Besteck, das auch dem Sonnenkönig gefallen hätte.«

Mail von Coen an Tess:
Nicht schlecht! Ich mail es gleich an den Kunden weiter.

Mail von Coen an Tess:
Kunde begeistert. Ich habe einen Auftrag für Plastikweingläser bekommen. Was für dich?

Mail von Tess an Coen:
Einmalig!
Wie geht es eigentlich Deiner Frau?

Pé rief an, als ich gerade dabei war, mir ein Stück Fleisch in die Pfanne zu hauen. Der Fertigsalat in der durchsichtigen Plastikschachtel stand bereit. Wie beschissen ich mich manchmal auch fühle, wenigstens einmal pro Woche gesund essen, das war meine Devise.

Ich klemmte mir das Handy zwischen Schulter und Ohr, während ich das Steak wendete. Das Zischen war so laut, dass ich keine Ahnung hatte, was Pé sagte.

»Warte mal kurz!«, brüllte ich und stellte das Gas unter der Pfanne aus.

»Ja, bin wieder da.«

»Ich würde dich gern mal wieder sehen.«

Das war der Text, auf den ich die ganze Zeit gehofft hatte, und man würde denken, dass mein Herz sich vor Freude überschlug, jetzt, da die Worte endlich ausgesprochen worden waren. Aber seit Fred war alles anders.

»Bist du noch da, Tess?«

»Wann möchtest du mich sehen?«

»Schlag du was vor, vielleicht morgen?«

»Wo?«

»Das ist schwierig zu erklären, ich hol dich ab. Halb zwölf?«

»Oh, Mittagessen.«

»Nicht gut?«

»Großartig.«

»Du klangst, als würdest du …«

»Großartig, Pé!«

Ich legte auf.

Ein Vorteil von einem kurzen Gespräch ist, dass dein Essen nicht kalt wird.

Ich legte das Fleisch auf einen Teller und versuchte, den Deckel von der Salatschachtel aufzubekommen. Typisches Design eines Mannes, der nie in der Küche steht. Meistens kostet mich das Öffnen einen Nagel, aber diesmal kam ich mit einem Schnitt im Zeigefinger davon.

Auf einmal reichte es mir.

Seit Fred brachte ich für nichts mehr Geduld auf, alles und jeder irritierte mich, und mindestens dreimal pro Tag musste ich mich zusammenreißen, keine Gegenstände durch die Gegend zu pfeffern.

Ich schnitt das Fleisch in Stückchen und schob diese in den Napf für Wusel, der sabbernd angetrabt kam. Den Salat warf ich mit Verpackung und allem Drum und Dran in den Abfalleimer.

Ich holte mir eine Schachtel mit einem Rest belgischer Pralinen von vor ewigen Zeiten aus dem Tiefkühlfach. Da sieht man es wieder, so eine Schachtel bekommt man ohne Probleme auf. Es war genau, wie ich immer gedacht hatte: Die Herren Fabrikanten sind einfach frauenfeindliche Leute.

Ich lehnte mich mit dem Rücken an die Couch, stopfte mir zwei eiskalte Pralinen gleichzeitig in den Mund und begann zu zappen.

Wir zwei hatten nie zusammen in diesem unauffälligen, nicht besonders anziehenden Restaurant etwas außerhalb der Stadt gegessen, und ich fragte mich, mit wem er hier wohl gewesen war.

Es war typisch Pé, dass ihm nicht in den Sinn kam, dass ich mir diese Art Fragen stellen würde.

Eigentlich war es eher eine Kneipe.

An der Bar, mitten im Saal, saßen ein paar Männer und tranken aus Kelchgläsern schweigend Jenever.

Am Rand, etwas mehr in Fensternähe, saßen wir, die Einzigen, die an diesem Herbsttag etwas essen wollten. Die Speisekarte war ziemlich up to date und ich entschied mich für ein Ciabatta mit geräuchertem Lachs und Schnittlauchdressing.

Pé wollte das Gleiche.

Ich zögerte, als er vorschlug, einen Weißwein zu trinken. Alkohol machte mich schnell sentimental, und ich hatte das Gefühl, dass es besser für mich war, einen kühlen Kopf zu behalten. Auf der anderen Seite, was hatte ich schon zu verlieren?

Die Frau, die die Bestellung aufnahm, schien nicht sehr gesprächig, was uns sehr gelegen kam. Sie wollte, so schnell es ging, mit ihrer Arbeit fortfahren, dem Polieren der Flaschen, die reihenweise vor dem verwitterten Spiegel der Bar aufgestellt waren.

»Schön, dich zu sehen, Tess.«

Es war das erste Mal, dass wir einander ansahen, und mir grummelte es ordentlich im Magen, als ich ihm in die Augen blickte. Verdammt, es war noch immer genau das Gleiche, und ich hatte gedacht, dass ich doch wenigstens ein bisschen darüber hinweg wäre.

»Geht es dir gut?« Ein anderer Text wollte mir nicht einfallen.

Er lächelte. »Besser, als ich erwartet hätte. Es war erst mal gar nicht so leicht, Tess, ohne dich.«

Die Worte »erst mal« brannten sich bei mir ein.

»Na, ein Glück, dass es nur, erst mal, so war.«

»Ein Glück, dass du dich nicht verändert hast.«

»Hattest du etwas anderes gehofft?«

»Hoffen ist nicht das richtige Wort.«

Ich sträubte mich dagegen zu fragen, was denn dann das richtige Wort wäre.

Mein Gefühl sagte mir, dass er dabei war, mich in eine Richtung zu lenken, in die ich nicht wollte.

Der Wein wurde in Gläsern vor uns hingestellt. Ein Glück – nicht das ganze Gezeter mit Etikett ansehen und probieren.

Wir prosteten einander zu. Der Wein war unerwartet gut.

»Was treibst du denn den ganzen Tag, Tess? Du bist fast nie zu Hause, wenn ich anrufe.«

Ich dachte an Fred, der sich in diesem Augenblick Gott weiß wo befand. An die Tage in Veras Haus und das leere Gefühl, mit dem ich nach Hause gekommen war. Ich würde ihm gern alles erzählen, ich wünschte, er würde mich in die Arme nehmen und alles wäre wie früher, als wir noch normal miteinander reden konnten.

Aber ich wusste auch, dass das nicht möglich war.

Schweigepflicht. Das Wort ist einem wohl bekannt, aber was das wirklich für ein Gefühl ist, das weiß man erst, wenn man es selbst erlebt.

»Tess?«

»Oh, Entschuldigung. Das Übliche. Texte schreiben. Manchmal vermisse ich deine Ratschläge. Du hattest schon irgendwie ein Händchen dafür, auch wenn dir Krebs interessanter schien. Und du? Viel zu tun?«

»Oh ja …«, sagte er.

Die Brötchen wurden gebracht, das Dressing kam in einem extra Schälchen.

»Soll ich nachschenken?«

Wir nickten.

Ich konnte mich nicht entsinnen, dass wir je so mühsam miteinander kommuniziert hatten. Wir waren wie Fremde, die durch eine Kontaktanzeige, die sie jetzt schon bereuten, zufälligerweise am selben Tisch gelandet waren.

Das gab mir ein entsetzliches Gefühl.

»Pé?«, sagte ich.

Er legte seine Hand auf die meine. Es fühlte sich gut an, als wir unsere Daumen aneinanderrieben.

Wir aßen schweigend. Nicht mit vollem Mund reden – manchmal kann das ein Ausweg sein.

Pé schlug vor, dass wir jetzt einen Kaffee bestellen sollten.

Absolut vernünftig, aber so kannte ich ihn nicht. Wahrscheinlich wollte er vermeiden, dass ich ihm nachher als Sufflappen um den Hals hing.

Er wartete, bis der Kaffee vor uns stand, um dann zu erzählen, warum wir wirklich hier waren.

»Ich habe jemanden kennengelernt, Tess. Ich wollte es dir selbst erzählen, bevor du es von jemand anderem hörst.«

Ein tosendes Geräusch in meinen Ohren, ein bisschen wie wenn man eine Nautilusmuschel dagegendrückt, nur stärker.

»Tess?«

Ich stand auf, sehr beherrscht, dachte ich, doch trotzdem fiel mein Stuhl um. Glücklicherweise blieb er an dem leeren Stuhl daneben hängen.

»Ich bin gleich wieder da …«

Der Raum vor der Toilette war klein, aber man hatte sich bemüht, ihm etwas von Größe zu verleihen. Neben dem Waschbecken mit einem rissigen Stück Seife und einem Handtuch an einem Nagel war ein alter Tisch hineingequetscht, elfenbeinfarben gestrichen, mit krummen Beinen. Darauf stand eine hohe, schmale Vase mit Pfauenfedern, deren Blau und Grün matt und staubig war.

Es war lange her, dass ich so etwas gesehen hatte. Ich betrat den Toilettenraum, klappte den Deckel und die Klobrille hoch, wischte ein paar angetrocknete Flecken von dem weißen Porzellan und hängte mich in einer unbequemen Haltung darüber.

Der Toilettenpapierhalter war an einem so unglücklichen Platz aufgehängt, dass ich allerlei Verrenkungen machen musste, um dort anzukommen. Ich riss ein Stück Papier ab, wobei die Rolle absprang und erst hinter dem Abfalleimer an der Wand zum Stillstand kam.

Es gibt Leute, die in solch einem Fall unbekümmert wegspazieren würden, aber leider gehörte ich zu den Menschen, die eine derartige Situation nicht ignorieren können.

Ich hockte mich hin und versuchte, die Rolle zu mir heranzuholen, indem ich an dem losgelösten Streifen Papier zog. Der einzige Effekt war, dass der Streifen länger wurde.

Noch immer in der Hocke, rutschte ich halb unter das Waschbecken. Aus dem Schwanenhals kam schmuddeliger Staub, aber jetzt hatte ich die Rolle auf jeden Fall fest zwischen Daumen und Zeigefinger. Eine große Staubflocke, vermengt mit Haaren, klebte daran.

Der Abfalleimer, in dem ich jetzt mehr oder weniger mit meiner Nase steckte, verbreitete einen widerlichen Geruch. Ich schob mich wie eine Krabbe rückwärts, kam zu früh hoch und stieß mir an der Unterseite des Waschbeckens schmerzhaft den Kopf. Durch die Erschütterung wurde ich wenigstens die Staubflocke los.

Als ich wieder aufrecht stand – mein Gesicht fühlte sich schweißnass an –, versuchte ich, das Papier aufzurollen. Das gelang nicht wirklich, und ich riss ungeduldig den Streifen ab, warf ihn ins Klobecken, hängte die Rolle wieder auf und zog ab.

Das gleiche eiserne Pflichtgefühl, das mich in diese Lage gebracht hatte, zwang mich dazu zu warten, bis ein eindeutiges Erfolgsergebnis zu sehen war: Ein Teil des Streifens war tatsächlich im Abfluss verschwunden, doch der Rest klebte etwas unterhalb der Oberseite, dort, wo die Spülung nicht heranreichte.

Ich riss ein Stück Papier von der Rolle, löste damit das im Klobecken festgeklebte Papier und zog noch einmal ab.

Wirbelnd verschwand es im Abfluss.

Ich stand noch kurz da und sah ihm hinterher, dann klappte ich den Deckel herunter.

»Wo warst du denn so lange?«

Pé gelang es nicht, seinen Ärger zu verbergen.

»Mein Gott, was hast du denn angestellt? Du siehst aus, als hättest du im Supermarkt den Boden gewischt.«

Während ich weg war, hatte er meinen kalten Kaffee gegen einen neuen austauschen lassen, ich verbrannte mir den Mund, und das war genau das, was ich brauchte, um wieder auf den Boden zurückzukommen.

»Lief das schon, als wir noch zusammen waren?«

Er zögerte. »Wir kannten uns.«

Ich setzte mich auf.

»Wie schön für dich. Für euch. Wie heißt sie?«

Wieder dieses Zögern. Vielleicht hatte er Angst, dass ich

sie aufsuchen und Ärger machen würde. Auf dem Gebiet war er schon das ein oder andere von mir gewohnt.

»Alice.«

Er sprach es auf eine *Alice in Wonderland*-Weise aus. Mit Verzauberung in der Stimme. Er befand sich noch in dem Stadium, in dem selbst das simple Aussprechen des Namens der Geliebten einen in Verzückung versetzt. So hatte er auch irgendwann einmal meinen Namen ausgesprochen ...

»Wie gut kennt ihr euch denn?«

Die Vorzeichen waren ihm wohl bekannt.

»Ich bringe dich nach Hause, Tess«, sagte er und stand auf.

Wir sagten nichts, den ganzen Weg nach Hause nicht.

Was ist Den Haag eigentlich für eine Scheißstadt, überlegte ich, als wir uns meiner Gegend näherten. Nichts als Wohnblöcke mit aufeinandergestapelten Menschen!

Trotz allem verabschiedete ich mich freundlich, und es gelang mir sogar, ein »War schön dich zu sehen« herauszupressen.

Gute Erziehung vergeht nicht.

12

Es folgte eine Reihe wunderschöner Tage, an denen es warm genug war, um in der Sonne zu sitzen.

Die Draußencafés waren voll, und die Menschen waren in einem Zustand der Euphorie, als lösten sich im güldenen Licht der unerwarteten Herbstsonne so spät im Jahr ihre Probleme von allein.

Als ich in der Dämmerung mit Wusel durch den Park lief, vernahm ich über mir auf einmal ohrenbetäubendes Vogelgeschrei.

Die Laternen waren schon eingeschaltet, orangefarbenes Licht schien durch die verfärbten Blätter der Bäume hindurch. Der Himmel war indigoblau, mit einer Spur Rosa, und dagegen zeichnete sich ein riesiger Schwarm Dohlen ab. Sie schienen vollkommen ungeordnet durch die Gegend zu fliegen, nicht wie man das von Enten oder Gänsen kennt, die straffe Linien formen und sich an ein bestimmtes Muster halten. Es waren sogar welche dabei, die in entgegengesetzter Richtung steuerten. Es wurden immer mehr, der eine Schwarm war noch nicht verschwunden, und schon tauchte hinter den hohen Eichen am Rande des Parks bereits der nächste auf.

Sie schwatzten lauthals miteinander, während das Rauschen ihrer Flügel sich vervielfältigte, bis es wie das Geräusch einer riesengroßen Windmaschine klang.

Den Kopf in den Nacken gelegt, sah ich ihnen zu; ich war den Tränen nahe, befallen von einem Gefühl der Nostalgie, von dem ich nicht recht wusste, woher es rührte.

Drei Tage später fand ein Mann, der ungestört Pinkeln gehen wollte, einen sonderbaren, in Landwirtschaftsfolie eingewickelten großen Gegenstand im Wald, nahe eines Parkplatzes an der E9.

Sein Instinkt sagte ihm, dass etwas nicht stimmte, und er rief sofort die Polizei an.

Man fand schnell heraus, dass er damit ganz richtig lag.

In dem Paket befand sich, in fortgeschrittenem Zustand der Verwesung, die Leiche eines Mannes.

In dem Zeitungsartikel über den Fund stand, dass die Identität noch nicht festgestellt worden war. Die Polizei vermutete ein Verbrechen. Was mir eine vernünftige Vermutung zu sein schien, Menschen neigen normalerweise selten dazu, sich selbst in Landwirtschaftsfolie einzurollen, bevor sie auf eine natürliche Art sterben.

Es war ein kurzer Zeitungsartikel, noch nicht einmal auf der ersten Seite, doch mein Auge fiel sofort darauf. Ich fragte mich, ob Carolien ihn auch gelesen hatte. Oder würde sie von der Polizei mit der Nachricht angerufen werden, dass möglicherweise ihr verschwundener Ehemann gefunden worden war?

Ich hatte nicht die geringste Ahnung, wie solche Dinge laufen, und ärgerte mich über mich selbst.

Wie oft hatte ich vor dem Fernseher mit Inspector Frost mitgefiebert, zusammen mit ihm Opfer inspiziert, Angehörige verständigt und seinen Gesprächen mit dem Pathologen gelauscht. Das Ergebnis war nichts weiter als eine vage Vorstellung davon, dass Gebisse bei der Identifikation eine wichtige Rolle spielen. Wenn ich das nicht sogar aus einem Artikel über einen Flugzeugabsturz hatte.

Ich stieg aufs Rad und fuhr zum Haus von Carolien.

Ich hatte keine Ahnung, was ich dort vorfinden würde und erst recht nicht, was ich sagen sollte, falls sie von nichts wissen sollte.

Aber sie hatte den Bericht bereits gelesen, eine halbe Stunde bevor sie von dem Kriminalbeamten, mit dem sie schon einmal gesprochen hatte, angerufen wurde, erzählte Noor, als sie mir aufmachte.

Sie wusste, dass die Polizei es für durchaus möglich hielt, dass es sich bei der Leiche des unbekannten Mannes um Fred handelte.

Wir hatten zu dem Zeitpunkt bereits eine nicht ganz einfache Zeit hinter uns.

Nachdem Carolien zusammen mit Noor Anzeige wegen Freds Verschwinden erstattet hatte, war sie nicht mehr in die Schule gegangen. Ihr Grund, zu Hause zu bleiben, war, dass sie in ihrem gewohnten Umfeld sein wollte, wenn eine Nachricht von Fred eintraf.

Sie hatte all ihre Energien verloren, man sah ihr an, dass sie dabei war, ihre letzten Reserven zu verbrauchen, auch wenn sie nichts über ihr Befinden sagte.

Wir hatten miteinander vereinbart, dass immer jemand bei ihr sein würde. Sogar Minka wollte eingeteilt werden, auch wenn es nur für den Abend war, an dem ein Mädchen aus der Nachbarschaft auf die Kinder aufpasste.

Noor und ich wechselten uns tagsüber ab. Dass Veer ebenfalls etwas tun musste, war klar, da gab es keine Ausrede und kein Entkommen. Auf meinen Vorschlag, eine Zeit bei ihrer Familie auf Curaçao zu verbringen, war sie nicht eingegangen. Ich denke, dass sie das nun bereute, denn sie konnte es nur schwer ertragen, in Caroliens Nähe zu sein. Es war Noors Idee, dass Veer nachts bei Carolien sein sollte, auf diese Weise stand sie ihr bei, während der Kontakt nicht zu direkt war.

Carolien war von unserer Sorge ihr gegenüber gerührt.

Sie hatte protestiert, als wir ihr unseren Plan präsentiert hatten, es schien ihr ein gigantischer Eingriff in unser Leben zu sein, was natürlich auch so war, aber alles wies darauf hin, dass es für sie eine Erleichterung war, nicht allein sein zu müssen.

Jede Stunde in diesem Haus, in das Fred nie mehr zurückkommen würde, erlebte ich als eine Form der Buße. Die tröstenden und ermutigenden Worte, die Carolien von mir erwarten durfte, kamen mir nicht besonders leicht über die Lippen.

Wie konnte ich mit ihr zusammen hoffen, dass alles gut ausgehen würde, wenn ich doch wusste, dass der schlimmste Schlag erst noch bevorstand?

Ich erstickte in dem Wohnzimmer mit den eingerahmten Urlaubsbildern auf dem Schreibtisch und an der Wand. In diesem Haus, in dem Fred nun stärker präsent zu sein schien, als er es jemals lebend gewesen war.

Es gab keine Möglichkeit, ihm zu entkommen.

Selbst als ich anbot, die Wäsche zu machen, die bereits aus dem Korb herausquoll, begegnete ich Fred in Form einer Reihe von Calvin-Klein-Slips.

Carolien zeigte mir, wo ich sie hinlegen sollte, nachdem diese trocken und zusammengelegt waren. Als sie die Schranktür öffnete, strömte mir der Geruch von Freds

Aftershave entgegen. Der Geruch, von dem mir fast übel geworden wäre, als ich mit meinem Daumen seine Augenlider geschlossen hatte.

Carolien lehnte sich gegen die offene Tür des Wäscheschranks, die Augen geschlossen, während sie Freds Geruch tief einatmete.

»Ich habe das Gefühl, ihm so nahe zu sein, so nahe …«, murmelte sie.

Und etwas später, als wir am Küchentisch saßen und Kaffee tranken: »Ich hatte eben auf einmal das Gefühl, dass alles gut werden würde. Ist das nicht eigenartig? Kennst du das Gefühl, dass du mit jemandem kommunizierst, obwohl das eigentlich gar nicht möglich ist?«

Ich sagte, dass ich das Gefühl nicht kannte, dass ich nur mit jemandem kommunizieren konnte, der auch wirklich da war. Ich präsentierte mich damit als Superzicke, aber alles besser, als sich mit ihr zusammen der Illusion hinzugeben, dass das furchtbare Schicksal abzuwenden war.

Carolien stand am Fenster. Als sie uns hereinkommen hörte, drehte sie sich um. Ihre Augen waren unnatürlich groß und klar.

»Wie lieb, dass du gekommen bist, Tess. Du hast es sicher schon gehört? Da liegt ein dummes Missverständnis vor. Die Polizei denkt, dass sie Fred gefunden haben. Dieser tote Mann aus der Zeitung. Ich konnte es ihnen nicht ausreden, frag mal Noor, sie war dabei.«

Noor räusperte sich.

»Sie haben nicht gesagt, dass es hundertprozentig sicher

ist, Caro. Sie werden es anhand von Angaben über Freds Gebiss herausfinden. Sie wollten Kontakt zu Freds Zahnarzt aufnehmen. Das haben sie doch zu dir gesagt?«

»Na ja, und wenn schon! Fred besteht zufälligerweise aus mehr als nur einem Gebiss!«

Noor legte ihre Hand auf Caroliens Schulter, aber die schüttelte sie wütend ab.

»Du hast einfach überhaupt keine Ahnung, Noor, das ist dein Problem.«

Und zu mir: »Noor hat den Anruf entgegengenommen, verstehst du. Sie haben erst mit ihr geredet, da sie dachten, dass sie mich am Telefon hätten. Und Noor hat einfach gesagt: ›Ja, das verstehe ich.‹ Aber da gibt es überhaupt nichts zu verstehen. Ich weiß nicht, wo Fred ist, aber dass er am Leben ist, das weiß ich genau.«

Sie drehte sich wieder um. Die Intensität, mit der sie gesprochen hatte, war beinahe gruselig.

Noor gab mir ein Zeichen, und wir gingen in die Küche. Ich denke, dass Carolien nicht einmal merkte, dass wir das Zimmer verließen.

»Sie ist kurz vorm Zusammenbruch«, sagte Noor leise. »Wenn es wirklich Fred ist, und es kann eigentlich beinahe nicht anders sein, dann ist es um sie geschehen. Denkst du nicht, dass wir einen Arzt anrufen sollten? Vielleicht wäre es eine gute Idee, wenn sie jetzt schon etwas einnehmen würde. So wird sie es jedenfalls nicht packen, wenn der große Schlag kommt.«

Im anderen Zimmer ging wieder das Telefon. Das Geräusch verstummte so schnell, dass Carolien wohl mit dem Telefon in der Hand dagesessen hatte.

Danach folgte eine Stille, die endlos zu sein schien.

Wir rannten über den Flur, aber noch bevor wir die Zimmertür erreicht hatten, hörten wir Carolien schreien.

Es war das furchtbarste Geräusch, das ich jemals gehört habe.

Nach der Injektion des Hausarztes ließ sie sich wie ein kleines Kind ins Bett bringen. Ich zog ihr Pullover und Hose aus, legte sie aufs Bett und zog ihr die Bettdecke bis zum Kinn, die Hände hielt sie über dem Bauch gefaltet.

Sie schien kaum mitzubekommen, was mit ihr passierte.

Ich betrachtete ihr Gesicht auf dem Laura-Ashley-Kissen, die dunklen Haare umgaben es wie ein Kranz. Sie war blass, und ihre Augenlider sahen aus wie kleine durchsichtige Muscheln mit feinen rosafarbenen Adern.

Mir kam in den Sinn, wie gut Fred dieses Gesicht gekannt haben musste. Es hatte auf dem Kopfkissen neben dem seinen gelegen, in all den Jahren, in denen sie verheiratet gewesen sind. Er hatte sich unzählige Male über dieses Gesicht gebeugt, wenn er mit ihr schlief. Hatte es mit seinen Lippen gestreichelt und mit seinen Händen liebkost. Er hatte es vor Schmerz verzogen gesehen, als sie ihre Kinder zur Welt brachte.

Was für eine armselige Rolle hatte Noor, verglichen damit, in seinem Leben gespielt.

Ich dachte an Pé, der immer sagte, dass er emotional treu sei, und ich fragte mich, wie Fred seine Untreue definiert hätte.

Eigentlich schade, dass wir nie ein normales Gespräch miteinander geführt hatten, er hätte mir bestimmt interessante Dinge erzählen können. Dinge, die du von einem Mann hören musst, weil Frauen nun einmal anders denken.

Meine Nerven waren von dem furchtbaren Geräusch, das aus Caroliens Körper gekommen war, noch immer angegriffen. Ich fühlte mich aufgewühlt und so schuldig, dass ich daran zweifelte, diese Last jemals von mir abschütteln zu können.

Noor war unterwegs zur Apotheke, um die Beruhigungstabletten, die der Arzt aufgeschrieben hatte, zu holen. Es tat gut, sie mal kurz nicht sehen zu müssen.

Immer stärker drang es zu mir durch, dass sie Veer und mich in eine Situation mit hineingerissen hatte, mit der wir nichts zu tun hatten. Wir hatten ihrem Appell an unsere Freundschaft nachgegeben, als wären wir noch immer die Schulmädchen, die nicht in Ungnade fallen wollten. Wie konnte sie so viel Macht über uns haben? Sobald sie unsere Loyalität infrage stellte und uns vorschrieb, was wir zu denken hatten, reagierten wir wie gut dressierte Hunde. Es war doch einfach nicht zu fassen, dass Veer jedes Mal, wenn Noor ankündigte, dass Fred und sie unbedingt ihr Haus und Bett benutzen mussten, gehorsam ihre Koffer packte, um zu Patricia nach Brüssel zu fahren. Wir hatten es mit uns geschehen lassen, jedes Mal wieder, und man brauchte erst einen toten Mann, um zu erkennen, wie weit es mit uns gekommen war.

Carolien wollte unbedingt zu der Parkbucht fahren, wo Freds Leiche gefunden worden war.

Nach ein bisschen Hin-und-her-Telefonieren gelang es

Noor, einen Kriminalbeamten zu erreichen, der vor Ort dabei gewesen war.

Er hatte wenig Interesse daran, Informationen dieser Art weiterzugeben, es könne nicht im Interesse der Witwe sein, sich dort herumzutreiben, sagte er diplomatisch.

Das hatten wir uns selbst natürlich auch schon überlegt und so vorsichtig wie möglich an Carolien weitergegeben. Aber sie war nicht davon abzubringen. Wenn wir keine Lust hätten mitzukommen, würde sie auch so zurechtkommen, aber fahren würde sie sowieso, ob mit oder ohne uns. Und sie allein dorthin zu lassen war das Letzte, was wir wollten. Daher redete Noor so lange auf den Kriminalbeamten ein, bis er widerwillig erzählte, zu welcher Parkbucht wir fahren mussten.

Sie hatte auch nachgefragt, wie groß die Chance war, dass Freds Auto jemals gefunden werden würde, doch die sei sehr gering, hatte er erklärt. Ein Mercedes wie der von Fred ist am selben Tag, an dem er gestohlen wird, auch schon startklar, um mit anderem Kennzeichen und neuem Motorblock nach Osteuropa, Südafrika oder Surinam ausgeführt zu werden. Der Markt war groß genug für solch einen erstklassigen Wagen.

Sie verkündete das mit einigem Stolz, schließlich war es ihr gelungen, dem Mann die Informationen aus der Nase zu ziehen.

Als ich fragte, ob sie es nicht schrecklich unheimlich gefunden hätte, die Polizei anzurufen, da sie schließlich diejenige war, die an Freds Tod mitgewirkt hatte, sah sie mich ehrlich erstaunt an.

Auf die Idee war sie nun wirklich nicht gekommen.

Es war ein Sauwetter, als wir über die E9 fuhren.

Der Wind fegte uns beinahe von der Fahrbahn, und die Scheibenwischer konnten selbst mit doppeltem Tempo dem Regen nicht standhalten.

Noor fuhr vor uns, mit Carolien auf dem Beifahrersitz, die bis zum Hals mit Beruhigungsmitteln vollgepumpt war.

Zusammen mit Veer und Minka folgte ich ihren Rücklichtern.

Wir hatten Regenschirme dabei, doch als wir auf dem Parkplatz ausstiegen, schlugen sie vom Wind sofort über. Meine Haare wehten in alle Richtungen, und der Regen peitschte mir ins Gesicht.

Carolien hatte ein Kopftuch aufgesetzt, keusch unter dem Kinn geknotet. Das schien der einzige Schutz zu sein, der einem bei solch einem Wetter etwas brachte.

Wir standen neben dem Auto, mit den Füßen in einer großen Matschpfütze, und guckten uns ein bisschen verloren um. Fred war hinter Büschen gefunden worden, aber die ganze hintere Seite des Parkplatzes bestand aus niedrigen Sträuchern; wie sollten wir hier den richtigen Platz finden?

Die Köpfe gebeugt kämpften wir gegen den Wind an, ohne zu wissen, was wir suchten, bis Noor an einem Strauch ein Stückchen rotweißes Tape hängen sah, mit dem die Polizei das Gebiet abgesteckt hatte, auf dem Fred gefunden worden war.

Wir sahen inzwischen aus wie begossene Pudel, der Wind hatte meine Jacke von unten aufgerissen, mein Rock flatterte mir triefnass um die Beine, und meine Schuhe liefen voll Wasser, weil auf dem ganzen Gelände kein Fleckchen zu finden war, das sich nicht in eine Pfütze verwandelt hatte.

Carolien lief mit großen Schritten voraus.

Sie unternahm nicht einmal den Versuch, ihre Kleider auch nur einigermaßen zusammenzuhalten, und ich hatte den Eindruck, dass sie kaum realisierte, wo sie war. In den Händen hielt sie einen Strauß Blumen, klein und tiefrot und ohne Papier.

Später sah ich an den blutigen Striemen in ihren Handflächen, dass die Dornen sie gemein gepiekst hatten. Ich denke nicht, dass sie davon etwas gespürt hat.

Dort, wo das Gras platt getreten war und an den Sträuchern die Äste abgeknickt waren, blieb sie stehen.

Wir standen schweigend hinter ihr und klapperten mit den Zähnen; von Minute zu Minute durchnässter und kälter, hofften wir, dass die Sache schnell überstanden wäre. Carolien bückte sich, legte die Rosen in das nasse Gras und strich kurz über die platt gedrückte Stelle.

Sie richtete sich auf, drehte sich abrupt um und, ohne uns anzuschauen, lief sie zurück zu den Autos.

Keine von uns hatte den Mut, den Arm um sie zu legen und etwas zu ihr zu sagen, aber das schien sie auch nicht zu erwarten. Es war, als hätte sie mit einem unsichtbaren Zirkel einen Kreis um sich gezogen, in dem sie niemanden duldete.

Ich hätte es einfacher gefunden, wenn sie geweint hätte oder meinetwegen auch geschrien. Das hätte mich von meinen eigenen Emotionen abgelenkt. Hier, an dieser Stelle, hatte wahrscheinlich mitten in der Nacht ein Auto gehalten, woraufhin Fred, schon zum soundsovielten Mal, abgeladen worden war. Eingepackt in die Landwirtschaftsfolie, die Noor gekauft und die sie zusammen mit mir um ihn herumgewickelt hatte.

Eine Szene wie aus einem polnischen Film: zwei Frauen mit Gummihandschuhen, die sich über eine Leiche beugen, als verarbeiteten sie am Fließband einer Fleischfabrik die Teile eines toten Schweins.

Ich versuchte mir sein Gesicht vorzustellen, so, wie ich es oft gesehen hatte, lachend, flirtend, angetrunken, aber es gelang mir nicht. Nur seine Augen sah ich noch immer, weit aufgerissen, wie sie an mir vorbeistarrten, bis ich mit meinem Daumen erst das eine und dann das andere Auge schloss.

Veer und ich kämpften dicht nebeneinander mit dem Wind und dem Regen, während Carolien schon lange an Noors Auto stand, kerzengerade und ohne ein Anzeichen von Ungeduld.

Als ich zur Seite blickte, sah ich, dass Veer weinte, die Zähne fest auf die Oberlippe gebissen, die Fäuste geballt.

Auf einmal hatte ich Mitleid; arme Veer, die keiner Fliege etwas zuleide tun würde und jetzt, ohne dass sie irgendetwas dafür konnte, zu einem lebenslangen Schuldgefühl verurteilt worden war.

Wir brachten Carolien zurück nach Hause.

»Sollen wir nicht noch kurz mit reinkommen?«, schlug Minka vor.

Carolien sah sie an, als würde sie nicht begreifen, wovon sie sprach. Sie schüttelte kurz den Kopf, und einen Moment lang hatte ich das Gefühl, dass unsere Freundschaft abgewiesen wurde, weil sie spürte, dass etwas nicht stimmte.

Das lag natürlich an meiner überspannten Einbildungskraft.

Caro gehört zu den Menschen, die Schicksalsschläge am liebsten allein und im Stillen verarbeiten. Dass sie uns eine Woche lang in ihrem Haus geduldet hatte, war sehr außergewöhnlich gewesen, und der Grund dafür war wahrscheinlich, dass sie die Ungewissheit nicht ertragen konnte.

Jetzt, da sie wusste, woran sie war, brauchte sie unsere Gesellschaft nicht mehr.

Wir sahen ihr schweigend nach, wie sie zur Haustür ging, diese öffnete und hinter sich schloss, ohne uns noch eines einzigen Blickes zu würdigen.

Nie wieder habe ich einen so einsamen Rücken gesehen.

13

Caroliens Söhne waren mit ihren Frauen gekommen, um die Beerdigung zu organisieren. Freds Leichnam war freigegeben worden. Die Ermittlungen hatten ergeben, dass die Ursache für seinen Tod ein Herzanfall gewesen war.

Es wurden Spuren von einem Schlag ins Gesicht mit einer Faust oder einem stumpfen Gegenstand gefunden, allerdings nicht stark genug, als dass er die Ursache für seinen Tod gewesen sein könnte.

An seinem Körper und seiner Kleidung waren Spuren von der Kofferraumverkleidung entdeckt worden, die ganz offensichtlich zu dem Mercedestyp gehörten, den er fuhr. Solche Spuren hatte man auch auf dem Klebeband gefunden, mit dem die Landwirtschaftsfolie, in die er eingerollt war, zusammengeklebt war. Er hatte also demnach gut verpackt in seinem eigenen Kofferraum gelegen.

Die Theorie lautete, dass er jemanden dabei erwischt hatte, wie er sein Auto klauen wollte, von diesem Autodieb niedergestreckt wurde und durch die Aufregung, die der Zwischenfall verursachte, einen Herzinfarkt erlitten hatte, der zu seinem unmittelbaren Tod führte.

Der Autodieb hatte ihn wahrscheinlich im ersten Schreck in den Kofferraum gelegt und ihn später, aus bislang ungeklärten Gründen, in Landwirtschaftsfolie eingepackt.

Fest stand, dass eine beträchtliche Zahl von Tagen zwischen dem Diebstahl seines Autos und dem Abladen seiner Leiche vergangen waren.

Warum das so lange gedauert hatte, war eine Frage, auf die man keine Antwort wusste.

Es klang alles reichlich logisch, und für die Polizei bestand kein Grund, in seinem direkten Umfeld Ermittlungen aufzunehmen.

»Damit wäre also alles erledigt!«, sagte Noor. »Case closed. Also, Veer, jetzt kein Gejammer mehr, Fred hätte ohnehin, auf welche Weise auch immer, bald einen Infarkt bekommen. Wir haben ihm ein unwürdiges Leben als Pflegefall erspart. Das wäre wirklich schlimm für ihn gewesen und für Caro verdammt lästig.«

»Und doch sind wir schuldig«, beharrte Veer dickköpfig auf ihrer Meinung. »Wir haben der öffentlichen Ordnung eine Leiche entzogen, und das ist verboten.«

Noor sah sie nachdenklich an; manche Mäuse sind selbst für Katzen zu klein, um gefressen zu werden. Ihr Schulterzucken setzte einen Schlussstrich unter den nicht ausgesprochenen Gedanken, dass Veer nicht ganz richtig tickte, ansonsten aber ganz nett war.

Wir saßen zu dritt in *De Maegd*.

Mit Carolien brauchten wir vorerst nicht mehr zu rechnen, und Minka hatte selten Zeit, jetzt, da Roel immer länger auf Reisen war und ihre Schwiegerfamilie sie ununterbrochen in Anspruch nahm. Es hatte eine gewisse Ironie, dass das Klübchen der drei Schuldigen übrig geblieben war.

Ich fragte mich, ob Veer und Noor es auch vermissten, dass wir alle zusammen waren, und ob auch sie realisierten, dass die gute alte Zeit, in der wir so ausgelassen miteinander lachen konnten, für immer vorbei war.

Noch vor gar nicht langer Zeit hätte ich den anderen solch einen Gedanken ohne Zögern unterbreitet, woraufhin wir das Thema dann endlos diskutiert hätten. Es war kennzeichnend für die neue Situation, dass niemand mehr darüber sprach, was wirklich zählte.

»Wisst ihr schon, was ihr bei der Beerdigung anzieht?«, fragte Noor, während sie zu ihrem Glas griff. »Ich habe schon immer gern Schwarz getragen, aber bei einem Begräbnis ist das heutzutage gar nicht mehr unbedingt Pflicht, genauso wenig wie Hüte. Schade eigentlich, denn das wäre der perfekte Anlass, sich mal wieder stilvoll zu kleiden.«

Sie sah missbilligend auf den Milchkaffee, der vor mir stand.

Ich weiß auch nicht, warum ich auf einmal keinen Wein mehr trinken mochte. Vielleicht, weil ich das immer als etwas angesehen habe, was zur Gemütlichkeit beiträgt. *Herrlich zusammen ein wenig betrunken werden*, wie der Deutsche so schön sagt. Aber nichts war mehr nett oder gemütlich. Wir hatten ein Geheimnis, das wir mit niemandem teilen konnten, das war das Einzige, was uns verband.

Es wäre mir lieber gewesen, wir hätten uns erst mal eine Zeit lang nicht mehr gesehen, aber das ging nicht. Noor hatte entschieden, dass wir, zu unserer eigenen Sicherheit, unser normales Leben fortsetzen müssten. Gerade jetzt durften wir nicht auffallen. Aber die rechte Stimmung wollte nicht aufkommen. Und jetzt schon gar nicht, da Noor es nicht lassen konnte, sich über Beerdigungskleidung auszulassen.

Ich dachte an meinen literarischen Thriller, mit dem ich vor ein paar Tagen endlich angefangen hatte. Es sollte doch

Zurück nach Delfzijl sein, hatte ich entschieden. Eigentlich müsste ich ein bisschen recherchieren, nach Maigret googlen, aber dazu hatte ich keine Lust.

Fakten konnte ich immer noch einbringen, es ging in erster Linie um die Stimmung in der Stadt der betrunkenen Seeleute, Messerstecher und Huren.

»Hallo, noch anwesend?« Noor sah mich nicht sonderlich freundlich an.

»Auch etwas Schwarzes, denke ich«, sagte ich und stand auf.

»Gab's Ärger?«, erkundigte sich Bart, als ich bezahlte. In anderthalb Stunden hatte er zwei Gläser Wein an uns verkauft, ein echter Niedrigrekord.

»Wir sind auf Diät«, sagte ich und schien damit einen Treffer gelandet zu haben, denn das konnte er verstehen.

Wir begruben Fred an einem wunderschönen Herbsttag.

Es war einer dieser strahlenden Tage, die der November einem manchmal unerwartet schenkt. Goldenes Herbstlaub lag auf den Gräbern, und zwischen den Ästen eines Strauches, nahe der rechteckigen Grube, in die Fred nachher hinuntergelassen werden würde, hatte eine Kreuzspinne ihr Netz gewoben, das in der Sonne glitzerte.

In der Feierhalle versammelten wir uns zum Gedanken. Die Söhne von Fred hatten Erinnerungen an ihren Vater herausgekramt, und voller Schrecken wurde mir klar, dass dieser eitle Macho ein Vater gewesen war, der auf allen vieren, mit seinen Söhnen auf dem Rücken, durchs Zimmer gekrochen ist. Offenbar war er derjenige gewesen, der nachts aufstand, wenn es gewitterte und die Jungs sich fürchteten.

Er ging mit ihnen in Abenteuerfilme, und als seine Söhne in der Pubertät waren, hatte er einmal ein Motorboot gemietet, mit dem sie dann eine Woche lang zu dritt unterwegs gewesen waren.

Carolien saß in der ersten Reihe, kerzengerade, das Gesicht beschattet vom breiten Rand ihres Hutes.

Von ihren beiden Söhnen eingerahmt, schritt sie später hinter dem Sarg her zum Grab.

Mit kaum einem halben Meter Abstand ging sie an uns vorbei, aber sie sah niemanden. Auf ihrem Gesicht war keine Emotion zu erkennen.

Sie habe ich nicht weinen sehen, Vera dafür aber umso mehr.

Schon in der Feierhalle schniefte sie geräuschvoll in ihr Taschentuch, und als der Sarg mit Fred langsam hinuntergelassen wurde, fing sie, die Hände vor den Augen, lauthals an zu schluchzen.

Ich sah Leute, die sie missbilligend anschauten. Es gehört sich nicht, sich bei einer Beerdigung so in den Mittelpunkt zu spielen und mit so viel Theater die Aufmerksamkeit von denjenigen abzulenken, die ein Recht auf lautstarke Trauer hätten. Aber sie konnte nichts dagegen tun, denke ich. Ich vermute, dass erst in dem Moment zu ihr durchsickerte, wie unwiderruflich das war, was geschehen ist.

Ich legte einen Arm um sie und versuchte sie zu beruhigen, doch sie legte den Kopf an meine Schulter und heulte noch mehr.

Über ihren gebeugten Kopf hinweg traf mein Blick den von Noor. Wir hatten an diesem Nachmittag noch nicht miteinander gesprochen, und aus der Ferne war ich erstaunt über ihren enormen Hut und die Retro-Sonnenbrille darunter, wodurch sie einem Filmstar inkognito ähnelte, der gern erkannt werden wollte.

Jetzt hatte sie die Brille abgenommen, und ich bemerkte einen Ausdruck auf ihrem Gesicht, den ich nicht einordnen konnte, der jedoch ein ekliges Gefühl in meinem Magen verursachte.

Im Nachhinein denke ich, dass sie an diesem Nachmittag zu dem Schluss gekommen war, dass ihr Schicksal nicht länger von der emotionalen Zeitbombe abhängig sein durfte, zu der Vera geworden war.

Als Carolien die erste Handvoll Erde zwischen ihren Fingern hindurch auf den Sarg gleiten ließ, geriet Vera so aus der Fassung, dass ich, den Arm um sie gelegt, mit ihr wegging.

Wir fielen auf, ich wusste genau, dass hinterher darüber gesprochen werden würde und dass Leute dann wissen wollten, was um Himmels willen für ein Verhältnis zwischen Fred und dieser blonden Frau bestanden hatte, die so verstört war, dass sie weggebracht werden musste.

Mit einer erschütterten Veer neben mir fuhr ich vom Friedhof und brachte sie schweigend nach Hause.

»Kommst du noch kurz mit rein?«, fragte sie mit leisem Stimmchen, als ich vor ihrem Haus anhielt. Ich wusste, dass es schroff von mir war, und ich habe deswegen später oft Gewissensbisse gehabt, aber ich konnte es nicht über mich bringen, noch länger die tröstende Freundin zu spielen. Ich ließ, während sie ausstieg, den Motor laufen und fuhr, ohne noch ein Wort zu ihr zu sagen, davon.

In der Nacht konnte ich nicht schlafen. Ich sah das erste Licht durch den Spalt neben den Gardinen hervorkriechen, grau und herbstlich. Das Wetter war sichtlich umgeschlagen, und das war gut so, ich war nicht in der Stimmung für Sonne.

Eigentlich war ich für nichts in der Stimmung.

Mein Leben war eine ganze Weile schon ein ziemliches Chaos gewesen, doch jetzt war der absolute Tiefpunkt erreicht.

An Veer merkte ich, dass sie nicht mehr lange den Mund würde halten können, und wenn ich daran dachte, was passieren würde, wenn sie auspackte, brach mir der kalte Schweiß aus.

Wir hatten genug verbockt, um ein Riesenproblem zu haben, wenn es herauskam. Ich weiß nicht, ob wir dafür vor ein Strafgericht müssten, aber für die Zeitungen würde das keinen Unterschied machen, sie würden sich so oder so daran ergötzen. Mir fielen spontan ein paar saftige Schlagzeilen ein. Fotos und Geschichten über uns drei würden uns den Rest des Lebens verfolgen, selbst wenn wir vom Richter nicht für irgendetwas schuldig gesprochen werden würden.

Wer würde mir jemals noch einen Auftrag geben?

Und Noor würde, inklusive Charles, alles verlieren, wofür sie sich, wie sie es selbst ausdrückte, abgerackert hatte.

Das Ironische an der Geschichte war, dass Veer als Einzige einigermaßen davonkommen würde. Sie musste nur ins Ausland ziehen, wo sie niemand kannte. Geld hatte sie genug, sie war die Einzige von uns dreien, die finanziell vollkommen unabhängig war.

Und um ihr Gewissen zu erleichtern, würde sie Noor und mich als Opfer bringen, wenn nicht heute, dann morgen oder nächstes Jahr.

Es war erst acht Uhr, ich hätte gut noch ein wenig im Bett liegen bleiben können, aber das war sinnlos, an Schlafen war nicht mehr zu denken.

Ich stand lange unter der heißen Dusche, wonach ich mich kurz mit eiskaltem Wasser abkühlte, zwar nach Atem ringend, dafür aber wieder klar im Kopf.

Ich zog Jeans und einen wollenen Rollkragenpullover an und darüber meinen Lammfellmantel, von dem ich den Kragen aufstellte.

Auf die Idee, Handschuhe anzuziehen, kam ich, als ich Wusel anleinte, nicht. Ich hatte sie diesen Herbst noch nicht gebraucht, aber nach fünf Minuten Gehen bereute ich es, meine Finger waren steif vor Kälte, und mein Atem stieg in kleinen Wölkchen vor mir auf.

Ich lief um den Weiher herum. Fünf Enten schaukelten regungslos auf ihrem Spiegelbild, und über meinen Kopf flogen mit schrillem Geschrei einige Möwen, die offenbar einen Artgenossen verfolgten, der ein großes Stück Brot im Schnabel hatte. Er flog so viele Schleifen wie möglich, um den anderen Möwen zu entfliehen, aber sie ließen nicht locker, und ich sah, wie das Brot aus seinem Schnabel fiel, gefolgt von dem Pulk Möwen, die im Wasser ihren Streit fortsetzten.

Die Formation der Enten näherte sich ruhig, aber sehr gewandt. Bevor sie jedoch die Möwen erreicht hatten, flog eine von ihnen hoch, das Brot triumphierend im Schnabel.

Merkwürdigerweise macht sich kein Vogel mehr an die Verfolgung.

Ich beobachtete das Schauspiel, während Wusel ein paar Bäume berieselte, ohne mich dabei aus den Augen zu lassen. Noch bevor ich nach ihm pfiff, kam er auf mich zugelaufen.

Ich weiß nicht, warum mich der Gedanke, dass ich mich nie mehr sicher fühlen würde, in dem Moment durchfuhr, als ich mich über ihn beugte.

Von der Zeit nach Freds Beerdigung kann ich mich an nur wenige Details erinnern.

Ich arbeitete hart, was immer ein gutes Mittel ist, wenn es einem nicht gut geht. Außerdem war es dringend nötig, dass wieder einmal Geld reinkam, ich hatte noch nicht einmal die Miete für November zusammen.

Coen war ziemlich zufrieden mit meinem Text über Plastikweingläser. Meine Gedanken über Menschen, die Wein aus Plastik trinken, hatte ich verdrängt. Ich selbst wollte nicht einmal Wasser daraus trinken. Ich bildete mir ein, dass man es schmecken würde, und sogar nach dem Zähneputzen spülte ich meinen Mund mit Wasser aus einem Glas aus.

Zum Glück hatte Coen nicht sofort einen neuen Auftrag für mich, ich hatte erst einmal genug davon, all diesen Plunder anzupreisen.

Als Selbstständige mit geringem Umsatz konnte ich mir nicht erlauben, Aufträge abzusagen. Das beeinträchtigte jedoch nicht meine Freude, eine Weile nichts von ihm zu hören. So konnte ich ungestört an meinem Buch arbeiten, für das ich jeden Abend ein paar Seiten schrieb, die ich dann am nächsten Morgen angewidert wieder löschte, sodass ich schlussendlich nicht wirklich weiterkam.

Von wem ich sehr wohl etwas hörte, war Pé. Er rief eines Abends spät an, ganz offensichtlich leicht betrunken, um mir mitzuteilen, dass er vorbeikommen wollte, um seine Sachen abzuholen.

»Oh oh, willst du jetzt Wonderland einrichten?«, fragte ich.

Diese Bemerkung ignorierte er, genau wie ich es auch erwartet hatte.

Anstatt eine Antwort auf diese durchaus berechtigte Frage zu geben, begann er mir auseinanderzusetzen, wie er sich das Ganze vorstellt hatte: Er würde damit anfangen, seine Bücher in Kisten zu packen, und danach alles zusammensuchen, was mit dem Kleinbus mitgenommen werden könnte, sodass ich damit so wenig Scherereien wie möglich hatte.

Als ob ich auch nur irgendeinen Gedanken daran verschwendete, auf welche Art und Weise er auszog. Ich war doch noch nicht einmal über den Schlag hinweg, dass er mich überhaupt verließ.

Wenn das das Ergebnis monatelangen Nachdenkens darüber war, wie es mit uns weitergehen sollte, hätte er sich das meiner Meinung nach genauso gut sparen können.

Er fragte, wie es mir ging.

»Was erwartest du?«, antwortete ich, und darauf hatte er nichts zu erwidern.

Ich selbst wusste darauf übrigens auch keine Antwort.

Ich hatte das Gefühl, dass ich an einer schweren Krankheit litt, die ein unsichtbares Band um meine Kehle legte und den wenigen Spaß, den ich an einigen Dingen gehabt hatte, erdrückte.

Er kam am nächsten Abend; dann hätte er es hinter sich, erklärte er.

In der letzten Zeit hatte ich den Eindruck, dass er nur noch Dinge sagen konnte, mit denen er mein Herz mit Füßen trat. Obwohl ich es nicht für ganz unwahrscheinlich hielt, dass ich allmählich etwas überempfindlich wurde.

Ich trat einen Schritt zur Seite und ließ ihn herein. Er lief geradewegs nach oben, während ich in der Küche Wusels Napf mit Glibberzeugs aus der Dose füllte.

Seine Schritte auf der Treppe klangen vertraut. Zum ersten Mal, seit er weg war, hörte ich in meinem Haus wieder jemanden nach oben laufen.

Ich setzte Kaffee auf, überlegte, ob ich Pé einen Becher bringen sollte, verwarf den Gedanken wieder und schaltete stattdessen den Fernseher ein.

Eine Frau erzählte, dass ihr bewusst wurde, was ihrem Leben fehle, als sie den Herrgott entdeckte.

»In dem Moment wusste ich erst, was ich die ganze Zeit vermisst hatte.«

Ich schaltete den Fernseher wieder aus und zog danach meinen linken Stiefel und meine Socke aus, sodass ich mich aus Herzenslust an der Stelle mitten unter meinem Fuß kratzen konnte, die aus unerklärlichen Gründen auf einmal wie verrückt juckte. Eine mysteriöse Stelle, denn das gleiche Jucken, an genau derselben Stelle, war oft auch dann aufgetreten, wenn ich mit Pé schlief, sodass ich ihn dann mit unpassenden Bewegungen überraschte, wenn ich versuchte, mit meinem rechten Bein die Unterkante meines linken Fußes zu kratzen.

In der Zwischenzeit dachte ich über die Worte dieser Frau nach.

Im Nachhinein wissen, dass du etwas vermisst hast, was du vorher gar nicht kanntest.

In seiner Einfachheit eine Aussage mit einem tieferen philosophischen Hintergrund. Wie kannst du etwas vermissen, von dem du keine Ahnung hast, dass es existiert? Selbst im Nachhinein scheint mir das ein ziemlich schwieriges Unterfangen zu sein.

Kann ein Analphabet *Die unerträgliche Leichtigkeit des Seins* vermissen?

Pé kam ins Zimmer, als ich gerade dabei war, meine Socke wieder anzuziehen. Ich zog sie schnell hoch, meine Beine sahen nicht besonders gut aus: zu lange nicht in der Sonne gewesen und Eincremen hatte ich in der letzten Zeit auch nicht für nötig befunden – für wen sollte ich das schon tun –, sodass die Haut schuppig war.

»Fertig mit den Büchern?«, fragte ich, während ich den Reißverschluss meines Stiefels hochzog.

»Ich habe Kaffee gerochen.«

Wir saßen uns schweigend gegenüber.

»Was wirst du mit meinem Zimmer machen?«

Ich zog eine Augenbraue hoch und schwieg.

»Okay, also *mit diesem* Zimmer, dem leeren Zimmer, *deinem* Zimmer.«

Ich zuckte mit den Schultern.

Er stellte den leeren Kaffeebecher auf den Tisch und stand auf.

»Ich mach noch kurz weiter.«

Ich hörte ihn über meinem Kopf herumkramen. Gepolter, ein Buch, das herunterfiel, leises Pfeifen, ein nachhallendes Niesen, wie nur Männer es können, all die Geräusche, von denen ich erst jetzt merkte, dass ich sie vermisst hatte.

Ich schaltete den Fernseher wieder an, in der Hoffnung, dass die Frau noch mehr Eye-openers für mich auf Lager hatte, aber das Programm war zu Ende.

Die Redaktion der Hauswurfsendung gab mir wirklich den Auftrag, kurze Interviews mit Frauen zu führen, die im Supermarkt ihre Einkäufe erledigten beziehungsweise gerade mit einer vollen Einkaufstasche herauskamen. Ich war froh, dass ich endlich wieder etwas zu tun hatte. Von den Tagen, die ich zu Hause gesessen hatte, fühlte ich mich nicht gerade besser; das gab mir zu viel Zeit, über Veer nachzugrübeln und darüber, wie lange sie noch den Mund halten würde.

Um besser erklären zu können, worum es bei den Interviews ging, hatte ich ein paar Flyer mit Sonderangeboten mitgenommen, zwischen die meine Interviews platziert werden sollten.

Eigentlich achte ich, wenn ich meine Einkäufe erledige, nicht auf andere Frauen. Wir alle sind dabei, etwas zu tun, wozu wir keine Lust haben, und uns verbindet die Aussicht darauf, dass wir zu Hause, wenn wir dann wegräumen, was wir eingekauft haben, wieder etwas machen, wozu wir keine Lust haben. Was aber nicht weiter schlimm ist, weil danach wieder Aufgaben warten, zu denen wir genauso wenig oder vielleicht sogar noch weniger Lust haben.

Genau genommen ist das Leben von Hausfrauen nicht besonders spaßig. Es sind ihre Männer, die versuchen, ihnen das einzureden, wenn sie nach einem Tag »survival of the fittest« nach Hause kommen und neidisch denken, dass ihre Frau den ganzen Tag nur herumgesessen hat.

Welchem Mann fällt schon ein frisch geputztes Fenster auf, ein aufgeräumtes Schlafzimmer mit frisch bezogenen Betten, ein gefüllter Kühlschrank und geschälte Kartoffeln in der Pfanne? Ganz zu schweigen von der Energie, die es kostet, ein paar Kids daran zu hindern, sich gegenseitig die Haare auszureißen. Wer an angeborenes soziales Verhalten glaubt, der sollte mal einen Nachmittag lang neben einer Sandkiste zuschauen, wie unsere kleinen Lieblinge mit ihren Schäufelchen einander die Köpfe einschlagen, weil sie nun einmal das gelbe Eimerchen haben wollen und nicht das rosafarbene, lila, blaue oder grüne, sondern eben nur *das eine* gelbe, das zufälligerweise gerade im Besitz eines anderen Kindes ist, während all die anderen verdammten Eimerchen herrenlos im Sand herumliegen!

Mit anderen Worten, ich musste Frauen ansprechen, die bei der Arbeit waren: dem Unterhalt von Haus und Hof und dem Dressieren von unkontrollierbaren Projektilen, die nach neun Monaten im Bauch auf den Weg gebracht worden waren und die sie manchmal von ganzem Herzen zurückstopfen wollten, wenn das nur technisch möglich wäre.

Ich hatte in Erwägung gezogen, mit einem Einkaufswagen in den Laden zu gehen, weil es vielleicht mehr Vertrauen erwecken würde, wenn eine Mitshopperin Fragen stellte, aber ich entschied mich dann doch dagegen.

Ich war hier mit einem ernsthaften Auftrag unterwegs, nämlich dem Interviewen von Frauen; und Menschen mit einem ernsthaften Auftrag schieben keinen Wagen vor sich her, in dem sie drei Packungen Zwieback und ein Supersonderangebot Klopapier haben.

Also schlenderte ich entlang der Regale, ein Stapel Supermarkt-Flyer in der einen Hand und ein Notizbüchlein mit einem schwarzen Gummiband, zum Einklemmen des Kugelschreibers, in der anderen.

»Entschuldigen Sie, darf ich Sie etwas fragen?«

»Ich bin schon Mitglied«, sagte sie und schob ihren Wagen so nah an mir vorbei, dass ich zur Seite springen musste.

»Entschuldigen Sie?«

»Tiefkühl-Erdbeeren, die kann ich hier nirgends finden ...«

Ich zeigte ihr, wo sie waren, und lief voller Hoffnung mit ihr mit.

»Haben Sie vielleicht Zeit für ein kurzes Interview?«

»Ha, guter Scherz, in sieben Minuten muss ich an der Schule sein.«

Dann wurde ich angesprochen.

»Wollen Sie etwas Bestimmtes wissen?«

Sie war nicht wirklich der Typ, den ich mir ausgesucht hätte – übergewichtig und etwas schlampig –, aber sie hatte freundliche Augen, und ich antwortete dankbar, dass ich ihr tatsächlich gern ein paar Fragen stellen würde. Sie sah mich erwartungsvoll an, während ich mich damit abmühte, die schwachsinnigste Frage aller Zeiten über die Lippen zu kriegen, nämlich warum sie hier war.

Schlussendlich habe ich mir die Texte an meinem Schreibtisch selbst ausgedacht: dass der Supermarkt doch ein Augenblick für dich allein ist. Das hörte die Redaktion gern, und sie meinten, dass der Auftraggeber damit bestimmt auch zufrieden sein würde.

»Vor dich hinträumen in deiner eigenen Welt«, hatte ich noch kurz auf dem Bildschirm stehen, aber das hatte ich gelöscht, denn an den Waden hatte ich noch immer die blauen Flecken als Beweis für die Brutalität, mit der die ungeduldigen Frauen ihren Wagen gegen meine Beine gerammt hatten.

In Bewegung zu bleiben war lebenswichtig, das hatte ich schnell gelernt, vor allem nicht zu lange verweilen, denn vor sich hinträumen kann einen grausamen Tod zur Folge haben, nämlich: eingequetscht werden zwischen Einkaufswagen.

Dass zu den Interviews ein Foto gehörte, fiel der Redaktion erst drei Ausgaben später ein, wodurch meine Aufgabe wieder schwieriger wurde, denn nun war die schöne Zeit des Selbstausdenkens vorbei.

Wenn ich es geschickt anging, wollten viele Frauen ganz gern reden, merkte ich. Nur wollten sie über Themen sprechen, mit denen ich nichts anfangen konnte. Geldsorgen, eine schlechte Ehe, unverschämte Kinder, Jugendträume, die sich nicht erfüllt hatten. Eine Frau fing bereits nach drei Minuten an, über Inzest zu fachsimpeln, ihre Freundin legte demonstrativ die Hand auf die leere Stelle, wo einmal ihre linke Brust gewesen war, und begann, von Chemotherapien und Haarausfall zu erzählen.

Ich rief die Redaktion an und sagte, dass ich Material für eine großartige Serie hätte, die sich jedoch nicht für den Supermarkt-Flyer eignete.

Ich sollte ihnen unbedingt ein paar Beispiele schicken, dann würden sie mal sehen, wie sie die verwenden könnten.

Ein paar Tage später berichteten sie, dass der Supermarkt es bei näherer Betrachtung doch nicht für nötig hielt, dass in dem Flyer Interviews standen. Ein Sonderangebot Rauchwurst würde deutlich höher bewertet, das hatte eine Leserbefragung ergeben.

»Und die andere Serie?«, fragte ich hoffnungsvoll.

»Serie? Oh ja, natürlich, Sie hören von uns.«

Es war etwas schade um das fehlende Einkommen, und doch war ich enorm erleichtert, nicht mehr wie eine Bettlerin, schmachtend nach ein paar brauchbaren Worten, am Ausgang eines Supermarktes herumlungern zu müssen.

14

Als ich ans Telefon ging, war ich so schlaftrunken, dass es einen Augenblick dauerte, bis ich ihre Stimme erkannte.

»Ich fühle mich so beschissen!«

»Wir fühlen uns alle beschissen, Veer.«

Auf dem Wecker neben meinem Bett sah ich, dass es halb fünf war. Exakt die Uhrzeit, die ich am meisten hasse.

Menschen, die im Sterben liegen, erwischt es oft um diese Zeit. Offenbar nimmt man einiges in Kauf, um dieser unangenehmen nächtlichen Stunde zu entkommen.

»Wie geht es jetzt nur weiter mit uns?«

»Ich verstehe nicht, was du meinst, Veer. Es ist doch alles in Ordnung. Ich meine, lustig ist es nicht und besonders schön auch nicht, aber wir sind keine Mörder.«

Einen Moment lang sagte sie nichts.

»Meinst du, dass wir einfach weiterleben sollten, als ob nichts passiert wäre? Das kann ich nicht, Tess, das schaffe ich nicht. Ich ersticke vor Schuldgefühl. Und ich finde, dass Carolien ein Recht darauf hat, zu wissen, was passiert ist.«

»Bist du dir der Folgen bewusst, wenn du es ihr erzählst?«

»Ja, aber ich bin mir ebenfalls dessen bewusst, was geschieht, wenn ich es nicht erzähle, was mich betrifft auf jeden Fall. Ich halte das einfach nicht mehr aus.« Sie fing hysterisch an zu schluchzen.

Ich saß kerzengerade im Bett.

»Veer, du musst mir eines versprechen: dass du nichts

tust, bevor wir ausführlich darüber gesprochen haben. Es geht nicht nur um dich, verstehst du? Wenn du auspackst, reißt du Noor und mich mit rein.«

»Das hat Noor eben auch schon gesagt. Ist das wirklich das Einzige, woran ihr denken könnt?«

Mein Herz stand still.

»Meine Güte, Veer, du hast wirklich mit Noor darüber gesprochen?«

»Sie kann mich verstehen, hat sie gesagt. Aber sie möchte, dass wir drei erst einmal darüber sprechen. Im Moment wäre es, auf welche Weise auch immer, zu viel für Carolien; sie könnte es nicht verarbeiten – das hat sie auch noch gesagt. Dass ich an Carolien denken sollte und nicht nur an mich. An alle soll ich denken, nur mich lasst ihr ersticken.«

Meine Kehle fühlte sich trocken an. »Und doch ist es ein guter Ratschlag, Veer. Lass uns das auf jeden Fall vorher besprechen. Lass Caro sich erst ein bisschen beruhigen, bevor sie den nächsten Schock zu verarbeiten hat. Vergiss nicht, dass sie nach deinem Bericht auf der Stelle alle ihre Freundinnen verloren hat. Dann ist sie ganz allein.«

»Herr Gott, wie gut ihr einander nach dem Mund reden könnt ...«

Ich hörte die Verachtung in ihrer Stimme.

Bevor ich noch etwas sagen konnte, legte sie auf.

Ich war hellwach, und das traf sich gut, denn keine fünf Minuten später rief Noor an.

»Sie hat dich auch angerufen?«

»Ja.«

»Das darf natürlich nicht passieren. Jetzt, da wir noch

einmal davongekommen sind, will sie die Sache doch in einer Katastrophe enden lassen.«

»Wenn sie das wirklich will, kann sie niemand aufhalten.«

»Glaubst du das?«

In ihrer Stimme war etwas, was mir nicht gefiel.

»Ja, das glaube ich. Es sei denn, du hast eine geniale Idee.«

Sie war einen Moment still.

»Morgen Abend in *De Maegd*. Neun Uhr.«

Sie fragte nicht, ob mir das passte, aber das hätte mich auch ernsthaft erstaunt.

»Du siehst echt scheiße aus, Tess.«

»Wenn du meinst, dass die Ränder unter deinen Augen dir gut stehen ...«

»Milchkaffee?«

Ich nickte, und Noor gab die Bestellung an Bart weiter.

Ich wusste, dass ich beschissen aussah, und das schon eine ganze Weile. Zu wenig Schlaf, zu viele Sorgen und dann auch noch das bohrende Gefühl in meinem Magen aufgrund der großen Leere in meinem Haus.

Erst als Pés Sachen endgültig weg waren, realisierte ich, dass ich bis zu dem Zeitpunkt noch Hoffnung gehegt hatte. Noch schmerzlicher war es festzustellen, dass Pé der Umzug nicht mehr bedeutete als die Abwicklung einer lästigen Angelegenheit.

Er hatte einen Freund mitgebracht, den ich noch nie zuvor gesehen hatte, was wohl daran lag, dass er der Bruder seiner neuen Freundin zu sein schien.

»Frank, Alices Bruder«, so stellte er sich selbst vor.

Aus den Augenwinkeln heraus sah ich, wie Pé nervös wurde. Ich würde ihn doch wohl nicht bloßstellen, jetzt, da sein neuer Schwager dabei war?

»Wie geht es ihr?«, fragte ich herzlich, als redete ich über meine beste Freundin.

»Viel zu tun, natürlich, du kennst das ja, Platz schaffen für Pé!«

Sein offenes Lachen verwandelte sich in ein nervöses Grinsen, als er merkte, wie Pé ihn ansah.

Ohne sich auch nur eine einzige Pause zu gönnen, trugen sie ein Möbelstück nach dem anderen aus meinem Haus. Kaffee lehnten sie ab, ich denke, dass Pé den Auszug so schnell wie möglich hinter sich bringen wollte. Seinem Gesicht war anzusehen, dass er ganz bestimmt nicht zum Spaß hier war, und das machte es wenigstens ein bisschen erträglich.

Zu dem Zeitpunkt, als sie fast zusammenbrachen, während sie den alten ledernen Clubsessel von Pé aus dem Zimmer trugen, leinte ich Wusel an und drängte mich an ihnen vorbei aus der Tür hinaus.

Wir trotteten eine halbe Stunde lang durch Straßen, in denen ich normalerweise nie spazieren ging. Fast überall waren die Gardinen offen, und ich betrachtete ungeniert das gemütliche Beisammensein der Menschen, die ich nie kennen würde und die es nicht für nötig hielten, ihre Privatsphäre mit einer Gardine abzuschirmen.

Offene Kamine, Stehlampen, Kopien von bekannten Gemälden, lesende Menschen, trinkende Menschen, redende Menschen.

Und nicht in einem der Guckkästen sah ich jemanden allein sitzen, was mich im Grunde nicht erstaunte, denn wer allein ist, zieht die Gardinen zu, aus Angst oder um die peinliche Einsamkeit vor den Augen der zufälligen Spaziergänger zu verstecken.

Als ich wieder in meine Straße einbog, war der Umzugswagen verschwunden.

Ich hatte nicht gemerkt, dass Bart einen Kaffee vor mich hingestellt hatte, und dass Noor mich mit einer Falte zwischen den Augenbrauen ansah, merkte ich erst, als ich zufällig in ihre Richtung guckte.

»Dir geht's offensichtlich wirklich schlecht!«

Ich zuckte mit den Schultern. »Worüber wolltest du mit mir reden, Noor?«

»Vera. Sie kommt nachher auch hierher, aber ich wollte es erst kurz mit dir besprechen.«

Sie beugte sich zu mir herüber. Ihr Plan war ganz einfach. Veer war im Begriff auszupacken, das war ganz offensichtlich, und je mehr wir auf sie einredeten, desto heftiger würde sie sich an der Idee festbeißen, dass sie die Wahrheit an die Öffentlichkeit bringen müsste. Daher sollten wir tun, was sie von uns erwartete, und das war, ihr beizupflichten. Wer waren wir, dass wir sie davon abhalten wollten zu tun, was ihr Herz und ihr Gewissen von ihr verlangten? Auch wenn die Folgen für uns verhängnisvoll sein würden, sie hatte das Recht zu tun, was sie für richtig hielt.

»Und das ist deine ehrliche Meinung, Noor?«

»Vorläufig ja«, sagte sie.

Vera war auf der Hut.

Sie setzte sich so vorsichtig hin, dass es beinahe lächerlich war, ihr Blick wanderte von Noor zu mir, mit einem Ausdruck tiefsten Misstrauens. Wein wollte sie nicht, zum ersten Mal, seit ich sie kannte, sah ich sie abends Tee trinken.

»Du weißt, worüber wir mit dir reden wollen, Veer«, sagte Noor freundlich.

Veer sah sie noch argwöhnischer an.

Wie konnte es auch anders sein, sie wusste seit Kurzem, dass man, wenn es hart auf hart kam, Noor nicht vertrauen konnte.

Wann war das noch gewesen, dass Veer und ich an genau diesem Platz zu hören bekamen, dass sie unsere Hilfe brauche, weil sie Fred öfter sehen wolle?

Pé wohnte damals noch bei mir, und im Großen und Ganzen war ich ganz zufrieden mit meinem Leben.

Und Vera war das liebe, naive Blondchen, das sich mit jedem gut verstand und mit der man so viel Spaß haben konnte.

Nur Noor war damals genauso wie jetzt, berechnend und unglaublich geschickt im Manipulieren ihrer Mitmenschen. So, wie sie es jetzt gerade auch mit Vera tat, die ihren Ohren nicht traute, als Noor ihr klarmachte, dass wir vollkommen ihrer Meinung waren. Und dass wir sie ganz bestimmt nicht davon abhalten würden, wenn sie mit ihrer Geschichte zur Polizei gehen wollte.

»Aber Veer, ich möchte ein paar Dinge mit dir vereinbaren: Ich denke, du solltest auf jeden Fall damit warten, bis es Carolien wieder etwas besser geht. Dafür solltest du als Freundin Verständnis haben.«

Vera nickte abwartend.

»Und wenn du dann tatsächlich mit deiner Geschichte an die Öffentlichkeit gehen willst, Veer, dann sollten wir das alle drei zusammen tun. Wir sind schließlich alle drei in die Sache verwickelt, und wir lassen dich doch nicht allein im Regen stehen.«

Während mir vor Erstaunen der Mund offen stehen blieb, denn dieser Teil der Geschichte war völlig neu für mich, war Veer zu Tränen gerührt.

Das hatte sie niemals erwartet. Sie dachte, dass sie ganz allein war mit ihrem Schuldgefühl. Dass sie uns verloren hätte, dass unsere Freundschaft nie etwas bedeutet hätte. Aber, Gott sei Dank, wir waren auf der gleichen Wellenlänge. Natürlich würde sie ein paar Monate lang warten. Warum auch nicht? Wenn jemand ein bisschen Ruhe verdiente, dann die arme Carolien, und danach würde sie keinen Schritt unternehmen, bevor sie nicht mit uns gesprochen hatte, darüber brauchten wir uns keine Sorgen zu machen. Aber tun würde sie es, da konnten wir Gift drauf nehmen.

Das war das letzte Fitzelchen Revolte; ich sah, dass ihr weiches Gemüt dabei war, die Oberhand zu gewinnen. Es passte nicht zu ihr, sich zu widersetzen, ihr Sternbild war Waage. Harmonie und Gleichgewicht bestimmten ihr Leben. Und die Harmonie hatte Noor ihr an diesem Abend zurückgegeben.

Auf einmal wollte sie doch lieber Wein trinken, sie schob den Tee, der nun zu der neuen Stimmung nicht mehr passte, von sich.

Herr Gott, dass nun doch alles wieder gut wurde! Natürlich würde es eine harte Zeit werden, nachher, wenn sie bei der Polizei ihr Gewissen entlastet hätte, aber gemeinsam würden wir das schon durchstehen.

Sie erhob ihr Glas. »Auf unsere Freundschaft!«

Sie lachte, und Noor lachte auch. Wie eine Katze, die weiß, dass das Türchen des Kanarienvogelkäfigs offen steht.

»Don't worry«, sagte Noor leichtherzig.

Ich hatte sie angerufen, sobald ich, ein bisschen angetrunken, zu Hause ankam. Wusel saß beleidigt an der Tür, er hatte sich mein Nachhausekommen anders vorgestellt, aber ich wollte erst hören, was genau Noor im Schilde führte.

»Ich habe für uns ein paar Monate Aufschub geregelt, das ist reiner Gewinn und dafür solltest du mir dankbar sein. Außerdem müssen wir uns auf diese Weise nicht fragen, wann die Bombe hochgeht, denn Vera wird brav verkünden, wann es so weit ist.«

»Und dann machen wir mit ihr einen netten Ausflug zur Polizei.«

»Dazu wird es natürlich nie kommen. Du hast gesehen, wie erleichtert sie war. Wenn sie ein paar Monate einigermaßen entspannt gelebt hat, ist die Chance groß, dass sie auf das ganze Theater keine Lust mehr hat.«

»Da wäre ich mir aber nicht so sicher, Noor.«

»Das werden wir dann sehen. Weißt du übrigens, dass Carolien wieder da ist? Veer rief gerade an. Sie gibt Samstag einen kleinen Empfang für sie. Siehst du jetzt, dass meine Taktik aufgeht? Auf einmal hat sie keinen Durchhänger mehr. Fünf Uhr. Alle kommen.«

15 Die erste Stunde hielten wir uns etwas zurück, schließlich saßen wir hier nicht, um etwas zu feiern, sondern um Caro willkommen zu heißen.

Sie hatte abgenommen, ihre Augen schienen größer, als ich sie in Erinnerung hatte, aber das kam natürlich dadurch, dass ihr Gesicht schmaler geworden war. Ihr war es gut ergangen bei ihren Söhnen und Schwiegertöchtern, erzählte sie. Sie hatte bei beiden Paaren eine Zeit lang gewohnt, nach dem Begräbnis war sie keinen Tag mehr in ihrem Haus gewesen, und es war wunderschön, ihr Enkelkind so oft zu sehen.

Aber so konnte sie nicht den Rest ihres Lebens verbringen. Das hätte Fred auch nicht gewollt. Sie hatte mit der Schule gesprochen und würde Montag wieder anfangen.

»Das Leben geht weiter«, sagte sie tapfer, und wir versicherten ihr, wie mutig wir sie fanden und dass wir sie vermisst hätten.

Vera hatte ordentlich aufgefahren. Neben der Küchentür stand ein enormer Vorrat an Weißwein, bei diesem Wetter brauchte man ihn nicht einmal in den Kühlschrank zu stellen, und sie hatte viel zu viel Essen vom Traiteur kommen lassen.

Wir liefen immer wieder zwischen Wohnzimmer und Küche hin und her, um Häppchen in der Mikrowelle oder in Veras gusseisernem Stieltopf zu erwärmen, und wir mussten uns zusammenreißen, um uns nicht allzu ausgelassen zu zeigen.

Es schien, als wäre die gute alte Zeit wieder zurückgekehrt, in der wir Freundinnen und auf solchen Treffen sorglos und fröhlich waren.

Dabei wusste ich natürlich, dass sich nichts Wesentliches verändert hatte. Noch immer verging keine Nacht, in der ich nicht von Fred träumte, der mich durch seine geschlossenen Augenlider hindurch weiter ansah. Aber das Gefühl, dass jeden Moment das Unheil über mich hereinbrechen könnte, war seit dem Gespräch mit Veer ein kleines bisschen weniger präsent. Ich musste zugeben, dass Noor das gut hinbekommen hatte.

Veer fühlte sich ernst genommen, der Dampf war abgelassen, auch wenn ich merkte, dass sie sich unauffällig, so gut es ging, von Carolien fernhielt.

Ich selbst fühlte mich auch nicht besonders wohl in meiner Haut, als ich sie fragte, ob sie es denn schaffen würde, nach der Zeit bei ihren Kindern wieder zurück in dem Haus zu sein, in dem sie alles an Fred erinnerte.

»Es ist schwierig«, sagte sie, »aber es ist schließlich auch das Haus, in dem wir zusammen glücklich waren.«

Das klang wie ein Beschluss. Was auch immer sie über das Doppelleben von Fred wusste – und es war beinahe unmöglich, dass ihr entgangen war, dass er ganz gewiss kein treuer Ehemann gewesen ist –, so hatte sie anscheinend nicht vor, dem die geringste Beachtung zu schenken.

Er war ihr Mann, und sie hatten zusammen ein schönes Leben gehabt, so simpel würde es von nun an für sie sein.

Nach ein paar Stunden stand sie auf.

Sie habe sich so gefreut, uns alle wiederzusehen, aber

jetzt war sie müde. Sie war es nicht mehr gewohnt, lange aufzubleiben.

Sie warf uns eine Kusshand zu, und wir taten es ihr nach, erleichtert, dass wir jetzt richtig loslegen konnten.

Vera brachte sie zur Tür.

Sie trug ein wollenes Outfit in einem verstaubten Rosa, einen Rollkragenpullover über einem weit flatternden Rock, der ihr großartig stand, und prächtige Wildlederstiefel, auf denen ein paar Fettflecken vom Dressing waren, das von einem der Teller heruntergetropft war.

Zum ersten Mal seit diesem verhängnisvollen Tag in ihrem Haus in Brabant machte sie einen entspannten Eindruck.

Es wurde spät.

Minka ging gegen halb zwölf, weil der Babysitter rechtzeitig zu Hause sein musste. Aber Noor und ich versackten noch etwas.

Veer hatte eine alte CD von Sting eingelegt, und, ins Sofa gefläzt, ein Glas in Reichweite, lauschten wir »Shape of my heart«, was keine besonders gute Idee war, da ich auf der Stelle vor lauter Sehnsucht nach Pé weinerlich wurde.

»Gibt's nicht was Fröhlicheres?«, fragte ich, doch Noor lehnte mit dem Kopf an der Rückenlehne des Sofas und hatte die Augen geschlossen, und Veer guckte mich an, als wäre ich nicht ganz richtig im Kopf. Aber wer weiß, vielleicht hatte das Gefühl des Unwohlseins in meinem Magen auch mehr mit dem Wein als mit Pé zu tun.

Als ich ins Auto stieg und bis zur Ecke der Straße den Rücklichtern von Noors Jag folgte, war es halb zwei.

Natürlich hätte ich besser ein Taxi bestellen sollen, aber Veer wohnte ziemlich nah, weniger als eine Viertelstunde entfernt, und ich ließ es darauf ankommen. Die letzten Stunden hatte ich ohnehin nur noch wenig getrunken, keine Ahnung, wie viel Promille ich hatte, aber meiner Meinung nach war das schon in Ordnung.

Ich parkte das Auto vor meiner Haustür und griff in alter Gewohnheit nach meiner Schultertasche auf dem Beifahrersitz.

Meine Hand griff ins Leere, und im selben Moment wusste ich, dass meine Tasche in Veers Wohnzimmer auf dem Boden lag, neben dem Sessel, auf dem ich zunächst gesessen hatte. Ich hatte nicht gemerkt, dass ich ohne Tasche gegangen war, da mein Autoschlüssel immer in meiner Jackentasche war, wohingegen ich den Haustürschlüssel nach dem Abschließen in meine Handtasche gesteckt hatte.

Ich fluchte leise, startete den Motor und fuhr zum zweiten Mal an diesem Tag zu Veers Haus.

Zwischen den nachlässig geschlossenen Gardinen des Vorderzimmers hindurch war noch Licht zu sehen, ebenso im Flur, was mich aber nicht weiter verwunderte, denn so lange war ich noch nicht weg gewesen. Doch war Vera jemand, der nach einer Party kein Glas mehr in die Küche brachte, sondern ins Bett kroch und dann erst am nächsten Morgen sah, in was für einem Zustand sich das Haus befand.

Ich ging durch den dunklen Garten und drückte auf den Klingelknopf.

Die Straßenlaternen hatten schon lange auf Nachtmodus umgeschaltet, was bedeutete, dass jede zweite in Dunkelheit gehüllt war.

Während den Nachbarn ein Stück weiter eine Gratisration Licht in den Vorgarten schien, war der von Vera stockdunkel.

Ich drückte erneut auf die Klingel. Was stellte Veer wohl gerade an, dass sie nichts hörte? In Gedanken sah ich sie mit dem Kopf über der Kloschüssel hängen. Ich hatte nicht darauf geachtet, aber ab und zu trank sie mehr, als sie vertragen konnte.

Es war eine ungemütliche Nacht, und ich begann allmählich zu frieren. Als ich um fünf Uhr zu Veer gefahren war, hatte ich einen Bodywarmer angezogen, perfekt für die Entfernung vom Auto zur Haustür, aber jetzt, da ich länger draußen war, war er vollkommen ungenügend.

Allmählich reichte es mir, und meine Laune wurde zusehends schlechter.

Schließlich wartete zu Hause auch noch Wusel, dass ich mit ihm vor die Tür ging. Der Moment, da ich mich in mein Bett legen konnte, erschien mir immer weiter weg.

Als mir das Warten zu lang wurde, beschloss ich nachzusehen, warum Vera nicht öffnete. Ich schob mich so vorsichtig wie möglich durch den dunklen Garten zur Seite des Hauses. Der Wind war stärker geworden, über meinem Kopf machten die gegeneinanderschabenden Äste der kahlen Buchen ein unheimliches Geräusch. Meine Füße berührten verdorrte Blätter, und ein Nachttier schoss raschelnd davon. Mein Rock verfing sich in den Zweigen der unbeschnittenen Rosen, und als ich mich, leise fluchend, befreit hatte, versank ich in einem kleinen Berg Erde, wahrscheinlich einem Maulwurfshügel.

Die Wolken, die in einem enormen Tempo über meinem Kopf hinwegfegten, schattenhaft erleuchtet von einer schmalen Mondsichel, hellten meine Stimmung auch nicht gerade auf.

Der größte Nachteil an der Nacht ist meiner Meinung nach die Dunkelheit, damit habe ich bereits mein Leben lang Probleme gehabt. Ich möchte die Dinge um mich herum gern sehen, und ich verstehe absolut nicht, warum es sein muss, dass man die Hälfte seines Lebens im Dunkeln oder bei künstlichem Licht verbringen muss, wie logisch die Geschichten über die sich drehende Erde auch klingen mögen.

Dass ich nun bestimmt schon fünf Minuten auf dem Weg Richtung Küchentür war, lag nur daran, dass es so verdammt dunkel war. Nun war ich jedoch beinahe am Ziel.

Das Licht in der Küche war noch an und formte einen rechteckigen Fleck auf dem Gras vor dem seitlichen Fenster. Ich bog um die Ecke zur Rückseite des Hauses und blieb stehen.

Die Küchentür war halb offen und bewegte sich langsam im Wind.

Mit einem Mal klangen die Geräusche der Nacht etwas lauter als noch vor ein paar Minuten, noch lauter jedoch war die Stille, die aus Veers Haus kam. Keine Musik, keine Schritte, nichts, was darauf hinwies, dass jemand mit Gott weiß was beschäftigt war.

Nun kam Bewegung in mich, etwas musste ich ja tun, und langsam und bedächtig schlich ich zur Küchentür. Ich war mir einer unbekannten Bedrohung bewusst, die ich überall um mich herum spürte.

Natürlich hatte ich Angst: vor der Nacht, der Dunkelheit und vor allem vor dem Gefühl von Unheil, aber ich beruhigte mich damit, dass ich in ein paar Minuten mit Veer darüber lachen würde.

»Ich habe einen Mordsschrecken bekommen, als ich die Tür offen stehen sah!«

»Ja, wie blöd aber auch, ich war gerade dabei, die vollen Flaschen in den Keller zu räumen.«

Ich schob die Küchentür etwas weiter auf, und es dauerte einen Moment, bis mein Hirn registrierte, was meine Augen sahen.

Sie lag mit dem Gesicht nach unten, die Arme etwas vom Körper abgespreizt, den Kopf zur Seite gedreht, ihr Kinn berührte ihre Schulter, die blonden Haare lagen wirr um ihren Kopf.

Also doch zu viel getrunken!, dachte ich hoffnungsvoll, als ich mich neben ihr auf die Knie niederließ.

Ich nahm ihr Gesicht in die Hände, schob den Rollkragen ihres rosafarbenen Pullovers zur Seite, in dem ihr Mund verborgen war, und legte meine Hand auf die weiche Wolle oberhalb ihres Herzens. Wie naiv von mir, das konnte man auf diese Weise natürlich nicht mit der Hand fühlen, ihr Herz nicht, dafür aber meines, das mir beinahe aus der Kehle sprang.

»Veer, du lieber Gott.«

Sie reagierte nicht, ihre Augen waren halb geöffnet, zwischen ihren Lippen sah ich das Rosa ihrer Zunge.

Ich richtete mich auf, stieg über sie hinweg und hielt ein

Geschirrhandtuch unter den Wasserhahn. Ich wrang es aus und kniete mich wieder neben sie.

Vorsichtig benetzte ich ihre Stirn. Jetzt müsste sie reagieren, ihre Augen öffnen und lächeln.

»Ups, bin ich tatsächlich ohnmächtig geworden?«

Aber auf ihrem Gesicht trat keine Veränderung ein, und ich wurde panisch. Ich musste jemanden anrufen, einen Arzt, einen Krankenwagen, ganz egal, wen. Sie war bewusstlos, wenn nur jemand da war, der sich damit auskannte, würde alles gut werden.

Eigentlich konnte ich nicht so einfach von ihrer Seite gehen, ich hatte das Gefühl, sie im Stich zu lassen, und doch musste ich ins Wohnzimmer mein Handy holen.

Neben ihrem Kopf glitt mein Fuß auf etwas Glibberigem aus.

Veers Blut auf dem Küchenfußboden. Sie hatte sich, als sie fiel, den Kopf gestoßen, so musste es gewesen sein. Ich sah jetzt die Stelle, wo ihre blonden Haare aneinanderklebten.

Meine Hände zitterten so, dass ich kaum die Nummer eintippen konnte. Etwas mit Einsen und einer Zwei oder vielleicht doch andersherum?

Das erste Mal ging es schief, beim zweiten Mal fragte eine sachliche Frauenstimme, wer ich sei, warum ich anrufe und wie die Adresse laute.

Ich machte alle Angaben und ging dann zurück in die Küche, zu Veer, die noch genauso dalag, wie ich sie zurückgelassen hatte.

Wie bizarr das auch klingen mag: Ich fühlte nichts, als ich neben ihr hockte, ihre kleine, kalte Hand festhielt und auf die Polizei wartete.

Sie waren nicht sonderlich zufrieden mit mir, das war nicht zu übersehen.

Eine Frau in Uniform, die Marga hieß, blieb bei mir im Wohnzimmer und entschuldigte sich, dass sie keinen Kaffee aufsetzen könne, da die Küche verbotenes Terrain für diejenigen sei, die nichts darin zu suchen hatten. Ich schnappte durch die halb geöffnete Tür zum Flur hin gelegentlich ein paar Worte auf. Ich musste hier sitzen bleiben und warten, sonst hätte ich noch mehr Unruhe an den Ort des Geschehens gebracht.

Ich saß dort inmitten des unvorstellbaren Chaos, in dem typischerweise jede Party endet, den Kopf gebeugt, die Hände zwischen den Knien.

Ohne dass jemand etwas gesagt hätte, wusste ich, dass Veer nicht ohnmächtig geworden war, dass man nicht so fallen konnte, dass man sich den Kopf an dieser Stelle stieß.

Die Küche, in der sie am Abend noch mit Weinflaschen in der Hand herumgelaufen war und Häppchen aufgewärmt hatte, war auf einmal der Ort eines Verbrechens geworden, Veer im Mittelpunkt, in ihrem eigenen Haus und umringt von Menschen, die sie noch nie gesehen hatte.

Ich dachte an Fred, dessen Leben – wie es der Zufall wollte – ebenfalls in einer Küche geendet hatte. Nur dass ihn damals keine Fremden umstanden, doch änderte das nichts an seinem Tod an sich.

Die Bitte, mit auf die Wache zu kommen, um eine Erklärung abzugeben, klang einigermaßen freundlich. Serge Donkersloot hieß der Kriminalbeamte, der das Auto, in dem ich auf der Rückbank saß, durch Den Haag steuerte.

Von Zeit zu Zeit traf mein Blick den seinen im Rückspiegel, die meiste Zeit sah ich jedoch nach draußen. Ich kannte jede Straße, durch die wir kamen, diesen Teil von Den Haag konnte ich blind nachzeichnen, doch nun kam mir alles, was ich sah, vor wie ein Gemälde von Willink, bekannt und unwirklich zugleich.

Auf dem Weg zur Haustür hatte ich noch einen schnellen Blick auf Vera werfen können, die auf dem Boden lag, zwei Männer in weißen Anzügen knieten neben ihr. Eine Frau im gleichen weißen Anzug fing meinen Blick auf und drückte die Küchentür mit dem Ellbogen zu.

Donkersloot fragte, wie es mir ging, und ich zuckte mit den Schultern. Ich hatte den Zustand, dass ich wusste, wie ich mich fühlte, bereits überwunden.

Wahrscheinlich war er daran gewöhnt, nachts zu arbeiten, auf jeden Fall machte er einen ziemlich munteren Eindruck.

Bevor er sich mir gegenüber an einen mit Papier überladenen Tisch in seinem Zimmer setzte, holte er Kaffee. Von dem Geruch wurde mir auf der Stelle übel.

Er würde sich kurzfassen, sagte er. Es gab da jedoch ein paar Dinge, die er jetzt schon gern wissen wollte.

Ich erzählte ihm, wie ich Veer gefunden hatte, dass ich eine knappe Viertelstunde zuvor, gleichzeitig mit meiner Freundin Noor, gegangen und dass Veer allein zurückgeblieben war.

Als ich wieder am Haus ankam, um meine Tasche zu holen, sah ich niemanden wegfahren oder weglaufen. Ja, in der Tat hatten wir an diesem Abend ein kleines Fest gefeiert, die Stimmung war gut, aber warum sollte es auch anders sein, schließlich verstanden wir uns alle prächtig.

Ich gab ihm die Namen und Adressen von Noor, Minka und Carolien, und erst als er mich etwas merkwürdig ansah, merkte ich, dass ich gerade dabei war, ihm die Adresse von Veer aufzusagen.

»Ich bin so müde«, sagte ich.

»Wenn Sie morgen ausgeruht sind, möchte ich gern noch einmal etwas länger mit Ihnen sprechen«, sagte er.

Zwei Kriminalbeamte brachten mich in einem Streifenwagen nach Hause. Sie warteten, bis ich die Haustür aufgemacht hatte, was bei meinen zitternden Händen eine Weile dauerte.

Noch bevor sie aus der Straße herausgefahren waren, stand ich mit Wusel draußen, mit dem Gefühl, dass meine Beine jeden Moment versagen würden. Ich lief mit ihm in der Nähe meiner Haustür auf und ab, schwitzend vor Angst und Müdigkeit. An dem kargen grauen Licht erkannte ich, dass es bereits fast Morgen war.

Als ich das Nachtschloss vor die Tür geschoben hatte, war ich so erschöpft, dass ich nicht mal mehr die Energie aufbrachte, die Treppe nach oben zu laufen. Ich drehte die Heizung hoch und rollte mich auf dem Sofa zusammen.

Vier Stunden später wachte ich auf. Es war so warm im Zimmer, dass mein Gesicht schweißnass war. Ich merkte, dass ich nicht einmal meine Schuhe ausgezogen hatte, als ich aufs Sofa gerobbt wat. Meine Haare klebten mir am Kopf, mein gesamter Körper fühlte sich schmierig und klebrig an.

Unter der Dusche kam mir auf einmal in den Sinn, dass

ich die anderen anrufen sollte, bevor die Polizei zu ihnen Kontakt aufnehmen würde, um mit ihnen einen Termin auf der Wache zu vereinbaren.

Im Bademantel, ein Handtuch um die nassen Haare geknotet, rief ich von der Bettkante aus zuerst einmal Minka an.

Noch bevor ich alles gesagt hatte, fing sie bereits an zu heulen, ein kreischendes Schluchzen. Die Art von Heulen, der ich mich gern angeschlossen hätte, nur bekam ich den Betonkloß nicht aus meiner Kehle heraus.

»Das gibt's doch nicht, Tess. Wer tut so was?«, fragte sie, als sie sich etwas beruhigt hatte.

»Das wird die Polizei herausfinden. Mit dir wollen sie auch reden.«

»Mit mir …? Was soll ich denn darüber wissen?«

»Sie wollen Informationen. Sie reden mit jedem, der Veer gekannt hat. Du wirst also angerufen werden.«

»Oh mein Gott …!«, sie fing wieder an zu heulen. »Es ist so schrecklich für Pat. Weiß sie es schon?«

Voller Schrecken fiel mir auf, dass ich Patricia vollkommen vergessen hatte. Irgendwo in meinem alten Telefonbuch müsste ich ihre Telefonnummer in Brüssel haben. Natürlich hatte ich sie in den letzten Jahren gesehen, aber immer bei Vera, es hatte noch nie einen Grund gegeben, ihre Adresse zur Hand zu haben.

Es kostete mich mit Sicherheit eine Stunde, diese zu finden, und als ich anrief, meldete sich eine Männerstimme. Er redete Flämisch. Normalerweise klingt für mich keine Sprache so sexy wie diese, aber von sexy konnte nicht die Rede sein, als er erzählte, dass ich zu spät wäre, da inzwischen bereits die staatliche Polizei, im Auftrag der niederländischen Polizei, vor Patricias Tür gestanden hatte und sie jetzt komplett zusammengebrochen im Bett lag.

Morgen würde er sie nach Holland bringen, es gab viele Dinge zu regeln, und außerdem wollte die Kriminalpolizei sie so schnell wie möglich sprechen.

An der Art, wie er mit mir sprach, merkte ich, dass er es ziemlich unmöglich fand, dass Patricia die Nachricht auf diese Weise zu hören bekommen hatte, und recht hatte er. Das Einzige, was ich für Veer hätte tun können und müssen, hatte ich versäumt.

Ich versuchte mir vorzustellen, wie es wohl gewesen war: die Polizei vor der Tür zu haben und dann von einem vollkommen Fremden die Nachricht zu erhalten, dass die eigene Mutter tot ist. Ob sie wohl sofort erzählt hatten, dass sie ermordet wurde, oder würden sie das ihren niederländischen Kollegen überlassen?

Es dauerte eine Weile, bis Carolien sich meldete.

»Caro, es ist etwas Schlimmes passiert!«

»Etwas Schlimmes?« Ich hörte an ihrer Stimme, dass sie meine Mitteilung nicht direkt wörtlich nahm. Das Schlimmste, was ihr passieren konnte, hatte sie gerade mitgemacht, was konnte sonst noch schlimm sein.

»Veer ist tot, Caro.«

Sie war so still, dass ich nach einer Weile ihren Namen sagte und fragte, ob sie noch da sei.

»Wie ist das denn passiert?«, fragte sie dann.

Ich erzählte in Kürze, was passiert war und dass ich es war, die Veer gefunden hatte.

»Sie hatte nie Ärger; mit niemandem.«

»Deshalb denke ich, dass es jemand Unbekanntes gewesen ist. Jemand, der ins Haus eingedrungen ist und dabei von ihr ertappt wurde.«

»Tess, das ist gerade ein bisschen viel für mich, das verstehst du doch hoffentlich, das muss ich erst mal irgendwie verkraften, ich rufe dich nachher an.«

Sie legte auf, noch bevor ich etwas sagen konnte.

Das genervte »Ja?«, mit dem Noor gewöhnlich ans Telefon ging, konnte ich jetzt überhaupt nicht vertragen, und ich hatte auf der Stelle keine Lust mehr, drum herumzureden. Noor konnte man es ruhig direkt vor die Rübe knallen, so feinfühlig war sie selbst ja schließlich auch nicht.

»Veer ist tot.«

»Schau an.«

Ich merkte, dass sie mir nicht glaubte.

»Letzte Nacht. Ich habe sie gefunden.«

»Du bist doch gleichzeitig mit mir weggegangen. Ziemlich schlechter Witz.«

»Ich musste zurück, um meine Tasche und meinen Schlüssel zu holen. Ich habe sie in der Küche gefunden.«

»Tess, lass das bitte ...!«

»Niemand begreift es. Die Polizei hat bereits mit den Ermittlungen begonnen. Sie werden mit jedem sprechen, der etwas mit Veer zu tun hatte.«

»Ich kann es nicht glauben.«

»Auf jeden Fall weißt du es jetzt, Noor.«

Nachdem ich mit Wusel durch den Park gegangen war, kroch ich wieder ins Bett.

Ich fühlte mich eigentlich noch immer nicht besser als letzte Nacht, als ich von dem Streifenwagen vor meiner Haustür abgesetzt worden war. Mein Kopf war federleicht, was an sich nicht unangenehm war, da es verhinderte, dass das Bild von Veer auf meiner Netzhaut erschien. Aber das war nur Verzögerungstaktik. Ich wusste, dass ich mir bald alles, was passiert war, von dem Moment an, als ich bei Veer geklingelt hatte, um meine Tasche abzuholen, Sekunde für Sekunde ins Gedächtnis zurückrufen musste. Nicht nur, weil Donkersloot das von mir erwartete, sondern auch, weil ich, um jemals wieder zur Ruhe kommen zu können, versuchen musste, eine Form von Logik in dieser ganzen Widersinnigkeit zu finden.

16

»Wo ist sie jetzt?«, fragte ich Donkersloot. Dieses Mal saßen wir in einem Verhörraum in der Nähe des Schalters, von dem ich, während ich auf ihn wartete, nichts als Klagen gehört hatte. Es ist unglaublich, was Menschen alles verlieren. Pässe, Personalausweise, Geldbeutel, Regenschirme, Brillen, Hunde und Katzen. Und was sie nicht verlieren, wird ihnen geklaut, was wieder eine andere Kategorie von Klägern ist: die Opfer, die doch wohl nicht ihre Steuern zahlen, um am helllichten Tage in einer belebten Straße beraubt zu werden!

Hinter dem Schalter waren ein paar Kriminalbeamte mit Engelsgeduld damit beschäftigt, das ganze Gefasel in die richtigen Bahnen zu lenken, und das gelang ihnen im Allgemeinen sogar.

Ich hatte mir das interessiert angehört, froh über alles, was mich von dem wahren Grund, warum ich hier war, ablenkte. Aber jetzt gab es kein Entkommen mehr.

Donkersloot hatte einen Kollegen mitgebracht, einen Mann etwa um die fünfzig, vom Typ *undercover*, der Vaandrager hieß. Einer von der Sorte, die immer unrasiert aussehen, weil der Grauschleier nicht von ihren Wangen wegzubekommen ist.

Sie saßen mir gegenüber, mit dem Gesicht zur Tür, zwischen uns stand der Kaffee.

Vera sei im Forensischen Institut, sagte Donkersloot, wo eine Obduktion durchgeführt werde.

Ich spürte, wie mir das Blut aus dem Gesicht wich. Jetzt

machte sich bemerkbar, dass ich gerade eine Serie mit einem Pathologen gesehen hatte. Die nackten, reglosen Figuren auf den Tischen aus rostfreiem Stahl, die Waage, auf der die Organe gewogen wurden, das Herumstochern und die Fummelei in einem aufgeschnittenen Körper. All die Details, die ich mir ziemlich unerschüttert angeguckt hatte, weil alle nur Schauspieler waren, die nach den Aufnahmen aufstanden und Kaffee trinken gingen.

Aber bei Veer war es echt. Wer auch immer nach der Obduktion Kaffee trinken gehen würde – sie würde es auf jeden Fall nicht tun.

»Warum Obduktion?«, fragte ich, als ich wieder ein bisschen zu Atem gekommen war. »Warum muss man aufgeschnitten werden, wenn man einen Schlag auf den Hinterkopf bekommen hat?«

»Das ist das Verfahren«, sagte Vaandrager und beließ es dabei.

Ganz offensichtlich hatten sie keine Lust, weiter darauf einzugehen.

Er schenkte Kaffee ein, aus einer Thermoskanne, aus der ein klagendes Geräusch kam, weil der Deckel nicht richtig festgeschraubt war.

»Wie lange kennen Sie alle sich schon?«, fragte Donkersloot.

Ich erzählte, dass Noor, Vera und ich uns schon vom Gymnasium kannten. Dass Minka vor etwa zehn Jahren dazugekommen war und Carolien ein paar Jahre später, durch Veer, die sie vom Squashspielen kannte.

»Sie haben sich immer in *De Maegd* verabredet, zu Hause haben Sie sich nie getroffen?«

»Selten. Nur an Geburtstagen. Aber dann war immer diejenige die Dumme, die die anderen bei sich empfing. Einkaufen, Häppchen bestellen, Flaschen öffnen, der Abwasch … woanders ist es einfacher und darum auch netter.«

»Eine Freundschaft zwischen fünf Frauen«, philosophierte Vaandrager, »das kann doch nicht immer gut gegangen sein. Man sollte annehmen, dass es dabei gelegentlich doch zu Streitereien kommt.«

Ich zuckte mit den Schultern. »Natürlich. Dann schlugen wir einander die Köpfe ein, das erleichterte enorm.«

Er lächelte höflich.

»Ja, es gab schon immer wieder mal was. Noor ist schrecklich dominant. Das ist nicht immer einfach, sie versteht nicht, dass man etwas anderes wollen könnte als sie. Ärgerlich, aber nicht wirklich wichtig, um diese Art von Dingen ging es immer.«

»Und Vera, konnte sie gut damit umgehen?«

Ich dachte an Veer, wie sie immer in *De Maegd* hereinkam und ihre Jacke bereits auf dem Weg zum Tisch auszog und sie dann lässig über den Boden schleifen ließ. Veer, die eigentlich mit allem einverstanden war, solange die anderen mitmachten und man zusammen Spaß hatte.

Ich versuchte zu erzählen, wie sie war, aber es gelang mir nicht wirklich. Die Bilder von ihr, so wie ich sie das letzte Mal gesehen hatte, drängten sich zwischen mich und meine Worte.

»Ist es nicht merkwürdig, dass eine so freundliche, nette Frau sich so wenig um ihre Tochter gekümmert hat?«

Er war nicht untätig gewesen, das wurde deutlich.

»Wie kann man von einem siebzehnjährigen Mädchen erwarten, dass sie sich wie eine Mutter verhält? Sie war selbst noch ein Kind, als sie Patricia bekam. Später haben sie eine sehr gute Beziehung gehabt. Veer war ganz vernarrt in Pat, sie war oft in Brüssel, sie war so stolz darauf, dass Pat eine gute Schülerin war und eine Ausbildung als Dolmetscherin machte.«

»Und Männer in ihrem Leben? Attraktiv, nett, reich ... da gehört doch eigentlich noch ein Freund dazu.«

Ich zögerte. Ich hatte auch nie wirklich verstanden, warum Veer nie Beziehungen hatte. Vielleicht hatte sie ja in Brüssel jemanden, doch wenn das der Fall war, hatte sie auf jeden Fall nie davon erzählt. Ein paar schlechte Erfahrungen vor langer Zeit, das wusste ich. Es gibt Frauen, für die das Grund genug ist, nie wieder etwas mit Männern anzufangen.

Ich erklärte, dass ich es wirklich nicht wusste, aber er ließ nicht locker.

»Wenn Sie so lange miteinander befreundet sind, haben sie doch keine Geheimnisse voreinander?«

»Woher soll ich denn wissen, ob jemand ein Geheimnis hat? Wenn ich es wüsste, wäre es kein Geheimnis mehr. Ich denke, dass wir alle etwas für uns behalten, das tut doch jeder, auch in einer Beziehung, warum also nicht auch unter Freundinnen?«

»Und Menschen außerhalb der Freundinnenclique? Menschen, die für sie arbeiteten, Lieferbetriebe, der Gärtner, Nachbarn, hat sie nie erzählt, dass sie da mit jemandem Probleme hatte?«

Ich schüttelte den Kopf.

»Sie hat sich auch nicht irgendwie anders verhalten, in der letzten Zeit?«

Ich dachte an unser letztes Gespräch in *De Maegd*. Ihre Entschlossenheit, wegen der Sache mit Fred zur Polizei zu gehen. Ihr Schuldgefühl bezüglich Carolien.

Ich sah an den Gesichtern mir gegenüber, dass ich mit der Antwort zu lange gewartet hatte.

»Der Mann, der in *De Maegd* bedient, hatte das Gefühl, dass in letzter Zeit etwas nicht stimmte. Dass Sie alle gelegentlich ein bisschen streitsüchtig waren. Worum ging es dabei …?«

»Das muss etwas Unwichtiges gewesen sein«, sagte ich, »sonst würde ich mich bestimmt erinnern.«

Sie nickten, sie lächelten, aber ich hatte einen Fehler gemacht, und das wussten wir alle drei.

Veers Putzfrau und zwei Freundinnen hatten das Haus sauber gemacht, während Patricia bei einer Freundin wohnte. Gemeinsam mit ihrem Freund war sie kurz im Haus gewesen, um alles zu kontrollieren, wusste Noor, die mit ihr telefonisch Kontakt gehabt hatte.

Es war nichts gestohlen worden, die ganzen Antiquitäten waren noch da, Veers Schmuck lag nachlässig durcheinandergeworfen in einer Schachtel im Wäscheschrank. Typisch Veer, es waren Erbstücke dabei, die ein Vermögen wert waren. Was auch immer das Motiv für den Mord gewesen sein mochte, Raub war es jedenfalls nicht.

Veers Leiche war inzwischen freigegeben. Sie würde auf dem Friedhof begraben werden, wo wir vor Kurzem noch um Freds Grab herumgestanden hatten.

Wir sollten nichts tun, hatte Pat verkündet, sie würde das alles schon selbst in die Hand nehmen.

Ich hatte mich immer gut mit ihr verstanden, aber mit der Sympathie von ihrer Seite war es nun ganz eindeutig vorbei. In ihren Augen hatte ich sie hängenlassen; vielleicht dachte sie das auch von uns allen. Wir hatten schließlich nicht verhindert, dass jemand ihrer Mutter den Schädel eingeschlagen hatte.

Aber vielleicht interessierten wir sie auch einfach nicht mehr, jetzt, da ihre Mutter, die die einzige Verbindung zwischen uns dargestellt hatte, nicht mehr da war.

Pé rief an, um zu sagen, wie schlimm er fand, was passiert war. Er hatte es in der Zeitung gelesen, eine reißerische Geschichte über eine schöne blonde Frau, die nach einer Party in ihrer eigenen Küche ermordet worden war.

Es wurde nicht explizit gesagt, aber der Artikel suggerierte alles Mögliche über das dekadente Leben von alleinstehenden Frauen: Geld, Drogen, Alkohol und Männer. Es ist unglaublich, was man alles schreiben kann, ohne sich dabei, juristisch gesehen, aufs Glatteis zu begeben. Man muss nur von »wie man hörte« und »aus dem Bekanntenkreis« sprechen.

»Mir geht es natürlich anders, weil ich dich kenne, ansonsten würde ich einen recht merkwürdigen Eindruck von dir bekommen.«

Es tat mir gut, seine Stimme zu hören, allerdings wäre mir lieber gewesen, wenn er vorbeigekommen wäre.

Sein neues Leben mit Alice in Wonderland interessierte mich nicht mehr, denn ich vermisste den Kumpel mehr als den Lover. Ich zog das Gespräch in die Länge, bis ich merkte, dass er ungeduldig wurde. Er schlug nicht vor vorbeizukommen, also verkniff ich mir die Einladung.

Selten im Leben habe ich mich so gottverlassen gefühlt. Außer Pé hatte ich nun auch meine Freundinnen verloren oder was davon noch übrig geblieben war. Ohne dass wir darüber gesprochen hatten, war es mit unseren Donnerstagstreffen in *De Maegd* endgültig vorbei.

Wir riefen einander nicht mal mehr an, was sollten wir auch sagen; ich ging davon aus, dass die anderen, genau wie ich, noch immer betäubt von dem Schock waren.

17

Nur weiße Rosen. Niemand hatte darüber gesprochen, aber wir hatten alle gedacht, dass es die beste Blume und die beste Farbe war, um unser Gefühl für Veer zum Ausdruck zu bringen. Als wir alle auf unseren Plätzen saßen, betrat Patricia, fast zerbrechlich in ihrer engen schwarzen Jacke, neben Rogier den Saal.

In einem einfachen Sarg, überladen mit den Rosen, die wir mitgebracht hatten, lag Veer. Zusammengeschlagen, auseinandergeschnitten und wieder zusammengenäht. Die Puppe eines geistesgestörten Kindes. Auf dem Sarg stand zum Glück ein wunderschönes Foto von ihr, sie lachte in die Kamera, ihre Augen in der hellen Sonne etwas zugekniffen, die blonden Haare glänzten im einfallenden Licht. Ein guter Fotograf hatte es aufgenommen, jemand, der sie sehr mochte, der durch seine Kamera ihre Schönheit festhalten wollte.

Patricia erzählte von Vera, zuweilen schien es, als würde sie es nicht mehr schaffen, aber sie hielt durch, eine Geschichte voller Liebe, von einer Tochter für ihre Mutter. Außer ihr sprach niemand, man solle davon Abstand nehmen, hatte auf der Karte gestanden.

Ich saß zwischen Minka und Noor, Carolien war später gekommen und saß eine Reihe hinter uns.

Als ich zur Seite sah, um herauszufinden, ob Bekannte da waren, traf mein Blick den von Donkersloot.

Ich drehte mich schnell um, mein Herz schlug mir in der Kehle.

Was könnte er von dieser Beerdigung erwarten? Das gehörte wahrscheinlich auch mal wieder zum Verfahren. »Wir dürfen nicht riskieren, etwas zu übersehen«, hörte ich seine Stimme sagen.

Schweigend gingen wir hinter dem Sarg her zum frischen Grab.

Es hatte Nachtfrost gegeben, über dem Haufen loser Erde lag ein weißer Schleier. Wir hatten alle eine weiße Rose in der Hand, um diese dann nachher auf den Deckel über Veers verletztem Körper fallen zu lassen.

Neben mir gab Carolien ein leises Geräusch von sich, sie sah aus, als würde sie zusammenbrechen, und ich legte einen Arm um sie.

»Schaffst du das, Caro?« Sie nickte, ein Taschentuch gegen den Mund gepresst.

Wir hätten nie gedacht – wie sollten wir auch –, dass Vera die nächste sein würde, hinter deren Sarg wir zwischen den Gräbern hindurchgehen würden; an dem Nachmittag, als Fred begraben wurde und sie so verstört war, dass ich sie nach Hause bringen musste.

Donkersloot und Vaandrager waren noch immer mit ihren Ermittlungen zugange. Sie hatten mit allen gesprochen, die Veer kannte, mit mir an diesem Nachmittag zum dritten Mal.

Ob sie ein bisschen weitergekommen waren, wussten wir nicht; ihre Fragen spitzten sich auf die Beziehung der Freundinnen untereinander zu, insbesondere auf die finanzielle Seite. Aber es gab keine finanzielle Seite unserer Beziehung. Noor und Vera waren reich, Minka hatte einen

Mann, der ganz gut verdiente, von Caro wusste ich nichts, aber ich ging nicht davon aus, dass sie Geldsorgen hatte, und was mich anging, konnte ich schon ein bisschen Geld gebrauchen, aber daran hatte ich mich gewöhnt. Ich hatte nie das Gefühl, dass mein Leben dadurch tiefgreifend beeinflusst würde. Freelancers waren eine ungewisse Existenz gewöhnt; wenn einem das Wasser bis zum Hals stand, kam jedes Mal doch wieder ein Auftrag herein, deswegen hatte ich keine schlaflosen Nächte.

»Sie haben also nie untereinander Geld verliehen?«

»Ich wüsste nicht, warum«, sagte ich schulterzuckend.

Noch bevor ich das Polizeirevier verlassen hatte, war das Gespräch Teil der Dämmerwelt geworden, in der ich seit Veers Tod umherirrte.

Noch nie zuvor hatte ich mich so kraftlos gefühlt. Ich tat nur das Nötigste und verbrachte den Rest des Tags auf dem Sofa, zu müde, um etwas zu unternehmen, und zu furchtsam, um ins Bett zu gehen.

Bevor ich einschlafen konnte, träumte ich in einer Art Halbschlaf, dass Veer in Gefahr war und ich ihr nicht helfen konnte, weil es mir nicht gelang, mich zu bewegen. Sie ging in die Küche, wo jemand auf sie wartete, den ich nicht sehen konnte, der aber eine Bedrohung darstellte, die so groß war, dass sie mir den Atem raubte.

Ich wollte sie warnen, bekam aber keinen Ton heraus, röchelnd und nach Atem japsend, wachte ich in dem Moment auf, als sie zusammenbrach und sich die Küchentür langsam im Wind bewegte.

Es hatte etwas mit einer Frage von Vaandrager zu tun, mit etwas, was er gesagt hatte.

»Hat sich für Sie durch den Tod von Vera viel verändert?«

Ich hatte geantwortet, dass sich sehr viel verändert habe. Dass die Freundinnen einander nicht mehr sahen, dass für mich die Trauer und der Verlust zu überwältigend seien, um so weiterleben zu können wie bisher.

Er sah mich an, als ob er mehr erwartet hätte. Das tat er öfter, wobei ich selten begriff, was er denn wirklich hatte hören wollen.

Aber in dieser Nacht wusste ich auf einmal, was sich wirklich verändert hatte, ich wusste es, als ich aus einem meiner Albträume hochschoss und mit rasendem Herzen auf die Dinge um mich herum blickte, und mir war unbegreiflich, warum ich das nicht schon früher durchschaut hatte: Durch den Tod von Vera brauchten Noor und ich uns keine Sorgen mehr zu machen. Mit Vera war die Bedrohung aus unserem Leben verschwunden.

Ich dachte an unser letztes Gespräch in *De Maegd*. Vera froh und erleichtert, dass sie von uns verstanden wurde. Sie lachte und erhob ihr Glas. »Auf unsere Freundschaft!«, hatte sie gesagt.

Noor hatte ebenfalls gelacht. Wie eine Katze, die wusste, dass die Tür zum Kanarienvogelkäfig offen stand.

Damals hatte sie bereits den Entschluss gefasst. Sie hatte doch selbst gesagt, dass sie nicht zulassen würde, dass jemand ihre Existenz in Gefahr brachte.

Ich drückte meinen Finger auf die Klingel, bis sie aufmachte.

Sie hatte, sichtlich in Eile, einen seidenen Kimono angezogen, der noch offen war, darunter trug sie ein tief ausgeschnittenes schwarzes Nachthemd. Ihre Augen waren stark geschminkt, was ihrem bleichen Gesicht einen dramatischen Effekt gab.

Sie sah mich an und hob die Augenbrauen.

»Weißt du zufällig, wie spät es ist?«, fragte sie.

Ich packte sie bei den Schultern und stieß sie gegen die Wand, ihr Hinterkopf prallte mit einem dumpfen Geräusch gegen die Stuckatur. Mit meinem Fuß trat ich die Tür hinter mir zu.

»Falls du denkst, dass du so davonkommst, hast du dich aber ordentlich getäuscht!«

Mein Gesicht war so nah vor dem ihren, dass ich meine Speicheltröpfchen auf ihren Wangen sehen konnte. Ich schüttelte sie hin und her, ihr Hinterkopf knallte erneut gegen die Wand.

»Verdammt noch mal, Noor!«

Ich hätte besser auf der Hut sein sollen. Noor ließ sich nicht so einfach überrumpeln. Ich spürte einen beißenden Schmerz zwischen meinen Beinen, als mich ihr Knie traf. Eine Frau, die einer anderen zwischen die Beine tritt – bislang war mir noch nie in den Sinn gekommen, dass das irgendetwas bringen könnte, aber der Effekt war überwältigend. Ich ging auf der Stelle in die Knie, den Rücken gegen die Wand des Flures gestützt.

Sie ragte über mir auf.

»Bist du vollkommen bekloppt geworden? Glück für

dich, dass Charles nicht da ist, der hätte dich sofort zur Tür rausgeprügelt.«

»Charles wird schon noch dahinterkommen«, sagte ich, während ich versuchte, nicht zu auffällig zu zeigen, dass ich umkam vor Schmerz. »Oder dachtest du, dass du einfach so weitermachen könntest, einen nach dem anderen umzubringen?«

Sie bückte sich, und in einer schnellen Bewegung hatte sie mich an den Haaren gepackt. Sie zog mit einer erstaunlichen Kraft, und ich konnte nicht anders, als mitzugehen, um so den Schmerz zu verringern. Während meine Ellenbogen gegen die Wand scheuerten, arbeitete ich mich hoch, bis ich mit Mühe aufrecht stand, im herrschaftlichen Eingangsbereich von Charles' Haager Bleibe.

Ich hatte nun an zwei verschiedenen Stellen ordentliche Schmerzen, dabei war ich noch nicht mal zehn Minuten im Haus. Wenn das so weiterging, würde man mich nachher wegtragen müssen. Aber lieber auf der Stelle tot umfallen, als mich dadurch abschrecken lassen.

»Das Erste, was ich morgen tue, ist, auf die Wache zu gehen. Veer hatte recht, wir hätten uns nie in das Theater mit Fred reinziehen lassen dürfen. Ich werde ihnen genau erzählen, wie die Dinge liegen, und es ist mir scheißegal, was dann weiter mit mir passiert. Auf jeden Fall bin ich keine Mörderin wie du.«

»Wie ich?« Sie lachte, als würde es sie tatsächlich amüsieren.

»Wer denn sonst, Noor?«

Sie guckte mich prüfend an und erkannte, dass sie von mir nichts mehr zu befürchten hatte. Vor zehn Minuten, als ich geklingelt hatte, hätte ich sie umbringen können. Das Gleiche tun, was sie mit Veer getan hatte, sie in ihrem eigenen Haus in einer Lache Blut zurücklassen. Nicht auf der Straße, auf einem Parkplatz, einem Bahnsteig, in einem Wald, an Orten, an denen jeder alles mit dir tun konnte, wo ein Fremder dich schlagen, erstechen oder erwürgen konnte, sondern in deinem eigenen Haus, an dem einzigen Ort auf der Welt, wo du sicher sein solltest.

Gott weiß, warum die Lust, sie zu töten, der Drang, sie zu vernichten, auf einmal verschwunden war. Vielleicht, weil es schlussendlich nichts ändern würde.

Selbst wenn ich ihr die Kehle zudrücken würde, bis das letzte Restchen Atem entwichen war, würde das Veer nicht zurückbringen.

Sie drehte sich um und klackerte auf lächerlichen Pantöffelchen mit Stiletto-Absätzen über den Flur in Richtung Küche.

Ich folgte ihr widerwillig. Allmählich begann ich, eine ernsthafte Abneigung gegen Küchen zu entwickeln; mit Noor in deiner Nähe warst du dir dort deines Lebens nicht mehr sicher.

Sie öffnete den Kühlschrank, nahm eine Flasche Weißwein heraus und holte danach aus einem Schränkchen zwei Gläser.

»Was tust du da, Noor, du denkst doch wohl nicht, dass wir jetzt gemütlich was zusammen trinken?«

Sie entkorkte die Flasche mit einer Fingerfertigkeit, von der jeder Barkeeper noch was hätte lernen können, und schenkte Wein in zwei Gläser, auf denen sich sofort eine Schicht Kondenswasser bildete.

Als sie sich an den Tisch setzte, ließ ich mich widerwillig auf dem Stuhl ihr gegenüber nieder, was bei mir eine neue Welle des Schmerzes zwischen den Beinen auslöste.

Sie erhob ihr Glas, ihre beherrschte Selbstsicherheit rief ein unbestimmtes Gefühl von Unruhe in mir hervor.

»Du verdienst es nicht, Tess, aber ich bin bereit, dir zu helfen.«

Während ich sie sprachlos ansah, trank sie ihr Glas in einem Zug leer.

Ich rührte meinen Wein nicht an. Ich war nicht gekommen, um mich zu betrinken, außerdem fühlte ich mich um diese nächtliche Uhrzeit mehr nach einem Becher warmer Milch.

»Was auch immer du denkst, ich habe es nicht getan.« Sie schenkte erneut ihr Glas voll.

»Du bist die Einzige mit einem Motiv, Noor, die Einzige, die ein so großes Interesse daran haben könnte, dass Veer nicht auspackt. Denk bloß nicht, dass ich dieses Mal meinen Mund halten werde.«

Sie seufzte, als säße sie mit einem nicht sonderlich klugen Kind an einem Tisch.

»Du denkst doch nicht wirklich, dass sie dich nicht durchschaut haben, Tess. Wie oft bist du verhört worden, zweimal, dreimal? Ich nur einmal, das sagt doch schon etwas aus, findest du nicht? Aber es ist schlau überlegt, das muss ich dir lassen. Jemanden umbringen und dann selbst die Polizei rufen, weil du die Tote angeblich gefunden hast. Chapeau.«

Ich schnappte nach Luft.

Sie beugte sich zu mir. »Du glaubst doch nicht, dass es jemanden gibt, der bezeugen kann, dass eine halbe Stunde vergangen ist, zwischen dem Moment, als wir weggefahren sind und du allein zurückgekommen bist? Eine halbe Stunde, in der gerade zufällig jemand hereingekommen ist, um Veer umzubringen. Sie müssen einfach erst einmal davon ausgehen, dass stimmt, was du sagst. Aber warum sollten sie dir glauben, Tess?«

»Weil es wahr ist.«

Meine Stimme klang heiser, die Stelle auf dem Kopf, wo Noor eine Handvoll Haare ausgerissen hatte, klopfte unbändig. Ich fühlte daran und war erstaunt, dass dort scheinbar keine kahle Stelle war.

»Also, Tess, was auch immer du auf der Wache erzählst, es wird gegen dich verwendet werden.«

Ich war zu erschüttert, um wütend zu werden.

Vor einer halben Stunde war ich hier hereingestürmt, weil ich mir sicher war, dass Noor es getan hatte, und jetzt saß ich ihr als Angeklagte gegenüber und lauschte ihrer Geschichte, der ich nichts entgegenzusetzen hatte, von der aber dennoch kein Wort stimmte.

»Dann steht es wohl Aussage gegen Aussage, Noor.«

»Das wird aber nicht gut für dich ausgehen. Ich bin nämlich nicht diejenige, die zurückgekommen ist. Ich habe nicht die Polizei angerufen. Ich habe nicht so einen Saustall in der Küche angerichtet, dass keine brauchbare Spur mehr zu finden war. Nicht wirklich clever, Tess, die Aufmerksamkeit so übertrieben auf dich zu lenken!«

Ich schüttelte den Kopf, in der Hoffnung, dass er davon etwas klarer werden würde.

Sie beugte sich wieder zu mir, ihr Blick ließ den meinen keine Sekunde los.

»Ich würde dir raten, Tess, dich ein bisschen vorzusehen. Sonst sind wir beide dran, einen Zwischenweg gibt's nicht. Es tut nichts zur Sache, ob du oder ich es getan haben, wenn wir nicht aufpassen, sitzen wir beide in der Scheiße.«

Ich habe mein Auto ein Stückchen von meinem Haus entfernt geparkt.

Mir war nach Bewegung zumute, danach, kalte Luft einzuatmen, den Wind in meinen Haaren zu spüren.

Leere Taxis fuhren an mir vorbei, aber ich wollte mit niemandem etwas zu tun haben; das Letzte, wonach ich mich fühlte, war das Geschwätz eines Taxifahrers.

Irgendwo in der Nähe meines Hauses lief auf einmal ein Mann neben mir. Er murmelte irgendwelche Schweinereien vor sich hin und packte mich, als ich nicht reagierte, am Arm.

Ich drehte mich so schnell zu ihm um, dass er vollkommen überrumpelt war von dem Schlag, den ich ihm mitten ins Gesicht gab. Er brach beinahe darunter zusammen. Ich blieb stehen. Er konnte mehr bekommen, ich war bereit. Aber er drehte sich um und machte sich eilig davon.

Zu Hause wusch ich sein Blut von meinen Knöcheln, ich konnte nicht aufhören zu schrubben, lange noch nachdem das letzte Restchen verschwunden war.

18

Natürlich merkten sie sofort, dass ich meine Unbefangenheit verloren hatte.

Zum vierten Mal saß ich in dem kleinen, engen Verhörzimmer Vaandrager und Donkersloot gegenüber, und man musste nicht wirklich intelligent sein, um zu erkennen, dass sie dafür wohl einen guten Grund hatten.

Bei den letzten Treffen hatte ich Dinge verschwiegen, was sie verdammt genau gemerkt hatten, aber ich war nie auf die Idee gekommen, dass ich als potenzielle Täterin angesehen werden könnte.

Dieses Mal sah ich mich selbst durch ihre Augen: eine Frau, die jede Menge Gelegenheiten gehabt hatte, Vera umzubringen, aber was um Himmels willen konnte das Motiv dafür sein?

Eigentlich erwartete ich, dass sie mit ein paar Handschellen rausrücken würden, aber das Einzige, was sie mir zuschoben, war der Kaffee, mit dem sie mit Sicherheit auf lange Sicht die gesamte Geschäftsstelle ausrotten würden.

»Ich habe das Gefühl«, sagte Vaandrager, »dass Sie uns etwas Wichtiges verschweigen. Es kann gut sein, dass Sie es nicht erzählen, weil es Ihrer Ansicht nach nicht von Bedeutung ist. Oder weil Sie Angst haben, dass Sie damit jemanden belasten könnten. Freundinnen sind im Allgemeinen loyal. Aber hier geht es um Mord.

Lassen Sie uns daher alles noch einmal Schritt für Schritt durchgehen. Vielleicht fällt Ihnen dann mit einem Mal ein, warum der Mann aus *De Maegd* den Eindruck hatte, dass an Ihrem Tisch etwas nicht stimmte.«

Es durchfuhr mich, dass sie mir immer wieder die gleichen Fragen stellten, weil sie nichts Konkretes gefunden hatten, was gegen mich sprach.

Das Einzige, womit sie mich rankriegen konnten, war etwas, was ich ihnen irgendwann selbst erzählen würde. Ihnen blieb nichts als die Hoffnung, dass ich mich verplappern würde. Obwohl ich doch, verdammt noch mal, nichts getan habe. Nun ja, fast nichts.

Sie sahen müde aus, ein bisschen frische Luft würde hier Wunder wirken.

»Es tut mir leid«, sagte ich, »aber ich denke wirklich, dass Bart das falsch eingeschätzt hat. Frauen reden nun einmal mehr und unterhalten sich ein bisschen angeregter.«

Ich hatte nicht eine Sekunde lang das Gefühl, dass sie mir glaubten, aber sie beließen es dabei.

Ich kam fast gar nicht mehr vor die Tür, abgesehen von den kurzen Gängen mit Wusel.

Ab und zu fiel mir dann plötzlich ein, dass ich essen musste, aber nach drei Bissen schob ich den Rest in den Abfalleimer.

Ich tigerte von einem Zimmer ins andere und versuchte, mir dabei eine Taktik zu überlegen, wie Noor die Strafe bekommen würde, die sie verdiente, während ich ungeschoren davonkam.

Ich war mir nämlich sicher, dass sie, sobald ich Donkersloot und Vaandrage auch nur irgendetwas über sie erzählte, in allen Einzelheiten über mich auspacken würde. Die Sache mit Fred würde in aller Breite ausgewalzt werden, erst von ihnen, dann in den Medien, und es fiel mir nicht schwer, mir vorzustellen, wie das bei den anderen ankommen würde.

Während Caro und Patricia davon ausgingen, dass sie gerade schon das Schlimmste mitgemacht hatten, würde noch ein gehöriger Schlag hinzukommen.

Ganz zu schweigen von dem Eindruck, den es machen würde, wenn bekannt wurde, dass Vera, das Opfer eines feigen Mordes, lange nicht so unschuldig war, wie es schien.

Und von dort war es nur noch ein kleiner Schritt zu Noors und meinem Interesse, Veer zum Schweigen zu bringen.

Ein Mord, zwei Verdächtige, die einander gegenseitig die Schuld zuweisen und abstreiten, dass sie auch nur irgendetwas damit zu tun hätten, die Intuition von zwei erfahrenen und allmählich ordentlich galligen Kriminalbeamten und kein einziger Beweis.

Es müsste mit dem Teufel zugehen, wenn daraus eine Anklage entstehen würde.

Aber ich hatte eine Vorahnung von unserem Leid bekommen: Wegen Mangels an Beweisen nicht verfolgt zu werden ist ein Stempel, den du dein ganzes Leben lang mit dir herumträgst.

Und doch musste es eine Möglichkeit geben, dass Noor damit nicht durchkommen würde. Ich versuchte, mich selbst davon zu überzeugen, dass es eine Frage konzentrierten Nachdenkens war.

Wenn ich das nur lange genug tat, würde sich die Lösung von selbst ergeben.

Tief in meinem Herzen wusste ich jedoch, dass es sinnlos war und dass bereits seit dem Abend, an dem ich ihr gegenüber in der Küche gesessen hatte, fest stand, dass sie auch dieses Mal wieder am längeren Hebel saß.

»Wir sind nicht weitergekommen«, berichtete Vaandrager ein paar Tage später beim nächsten Gespräch. »Nicht dass wir die Ermittlungen ganz einstellen, aber solange es keine neuen Hinweise gibt, macht es keinen Sinn, weiter mit solch einem großen Team daran zu arbeiten.«

Gerade hatte ich mich noch darüber geärgert, dass ich schon wieder antanzen musste, doch nun hüpfte mir das Herz vor Erleichterung. Eine bessere Nachricht hatte ich seit ewigen Zeiten nicht mehr vernommen.

»Wir schließen die Akte, wie man so sagt«, ergänzte Donkersloot. »Allerdings heißt das nicht, dass wir sie nicht wieder aufmachen könnten, denn natürlich ist noch immer alles möglich.«

»Zum Beispiel?«, fragte ich aus reiner Höflichkeit, und das war dumm, es war nämlich genau die Frage, auf die sie gehofft hatten, um dann sagen zu können, was sie noch alles loswerden wollten.

»Sie müssen verstehen«, sagte Donkersloot erfreut, während er sich entspannt nach vorn lehnte, »es geht hierbei natürlich immer noch um einen Mord, ausgeübt von jemandem, den wir noch nicht gefunden haben. Weil wir nicht wissen, warum Ihre Freundin ermordet wurde, wissen wir auch nicht, ob er oder sie es dabei belassen wird. Was wir natürlich hoffen, für alle Beteiligten.«

»Obwohl es neue Möglichkeiten aufzeigen würde, wenn er oder sie es nicht dabei belassen würde«, ergänzte Vaandrager.

Es herrschte Stille.

Mir kam der Gedanke, dass sie diese Art von Szenen einstudierten. Komplett, mit einem Regisseur. »Nee, Leute, die Pause muss länger sein, erst muss es ganz zu jemandem durchsickern, was ihr gesagt habt. Und dann kommst du wieder, Vaandrager, während sie erwartet, dass jetzt eigentlich Donkersloot an der Reihe ist. Ihr redet meistens abwechselnd, aber dann ändert ihr auf einmal das vertraute Frage-Antwort-Muster. Unsicherheit schaffen, *that's the game.*«

»Was ich Ihnen raten würde«, sagte Vaandrager, »ist, in nächster Zeit ein bisschen aufmerksam zu sein. Wir würden es schrecklich ärgerlich finden, wenn jetzt etwas schiefgehen würde. Wenn Sie jemandem nicht vertrauen oder es etwas gibt, was Sie uns bei näherer Betrachtung doch lieber erzählen wollen, vielleicht im Interesse Ihrer eigenen Sicherheit ... zögern Sie nicht, Sie wissen, wo Sie uns finden.«

Sie standen auf.

Donkersloot begleitete mich zum Ausgang, wie es einer der beiden immer tat, um sicherzugehen, dass ich nicht noch länger an ihrem charmanten Arbeitsplatz herumhängen würde. »Auf Wiedersehen«, sagte er.

In der ersten Zeit nach dem Gespräch lief ich mit einem unbestimmten Gefühl der Angst herum.

Die nicht sonderlich subtile Bedrohung in den *famous last words* von Vaandrager war mir nicht entgangen, was wahrscheinlich auch der Sinn der Sache gewesen war. Wahrscheinlich hoffte er, dass das Resultat seiner Worte wäre, dass ich mich nirgends mehr sicher fühlte.

Und dass ich als Folge davon – es passieren ja immer noch Wunder – eines Tages bei ihnen hereinschneien würde, um mein Herz bei ihnen auszuschütten, nach dem Motto »Lieber Zelle als Hölle«.

Aber dumm für sie, dass ich davon überzeugt war, dass ich von der Mörderin nichts zu befürchten hatte, dafür kannte ich sie gut genug. Sie wäre ja verrückt, zum dritten Mal das Risiko einzugehen, dass sie geschnappt werden würde. Warum sollte sie auch, sie hatte sich klar genug ausgedrückt, das letzte Mal als wir miteinander gesprochen hatten. Dem gab es nichts entgegenzusetzen: »Es tut nichts zur Sache, ob du oder ich es getan haben, wenn wir nicht aufpassen, sitzen wir beide in der Scheiße.«

Was mich aber beschäftigte und was mir sehr wohl schlaflose Nächte bereitete, war, dass ich meine Unbefangenheit verloren hatte, das Gefühl einer scheinbaren Sicherheit, dass mir nichts geschehen konnte. Seit Kurzem wusste ich besser als jede andere, dass alles und jedem etwas passieren konnte, also auch mir.

Wie schlimm es um mich bestellt war, wurde deutlich, als ich kurz nach Sonnenuntergang um den Weiher lief.

Es dämmerte, doch auf der höher gelegenen Straße war noch ordentlich Verkehr. Meistens waren hier mehr Leute, die um diese Zeit ihren Hund ausführten, aber dieses Mal war ich allein.

Wusel war irgendwo im Gebüsch verschwunden. Die Scheinwerfer der vorbeifahrenden Autos warfen Lichtbündel in den Park, die die Bäume entlang des Pfades streiften und sie für den Bruchteil einer Sekunde erhellten.

Halb hinter einem der flüchtig beleuchteten Bäume versteckt, meinte ich jemanden zu sehen, den bleichen Streifen eines Gesichts, das sich schnell vom Licht abwandte.

Als das nächste Auto vorbeifuhr, konnte ich nichts Besonderes mehr entdecken, aber mein Herz klopfte mir bis zum Hals und ich rief Wusel zu mir, verärgert und ungeduldig, sodass er erstaunt angelaufen kam, denn schließlich hatte er ja nichts verbrochen.

Ich leinte ihn an, womit ich ihm zum zweiten Mal Unrecht antat, und drehte mich um. Das war so ungerechtfertigt, dass er mit eingeklemmtem Schwanz mit mir nach Hause trottete.

Angeschlagen und nervös kam ich zu Hause an, wo ich mich mit einem Mal auch nicht mehr sicher fühlte. Warum machte ich nie das Nachtschloss zu, wenn ich aus der Tür ging? Es war doch bekannt, dass man mit einer Kreditkarte fast jedes Schloss aufbekommen konnte. Während ich weg war, hätte jemand hereinkommen können, der sich dann versteckt hielt und erst dann auftauchte, wenn ich im Bett lag.

Ich lief durch die Zimmer und kontrollierte sogar das leere Arbeitszimmer von Pé, wo ein überquellender Papierkorb und Papierstapel an der Wand standen und noch immer darauf warteten, aufgeräumt zu werden.

Als ich gerade auf die Knie fallen wollte, um unter dem Bett nachzusehen, zwang ich mich selbst dazu, damit aufzuhören.

Wer der Angst Eintritt in sein Leben gewährt, befindet sich am Anfang eines langen, einsamen Weges, und ich weigerte mich, auch nur einen Schritt darauf zu setzen.

19

Ich überlebte Weihnachten und danach Silvester.

Es traf sich gut, dass niemand anrief, um zu fragen, ob ich vielleicht allein war in diesen herzerwärmenden Familientagen, denn ich hätte es trotz allem als peinlich empfunden, wenn ich hätte zugeben müssen, dass die Anzahl an Freunden in den letzten Monaten so rapide abgenommen hatte, dass ich tatsächlich nicht wusste, mit wem ich den Geburtstag des heiligen Kindes feiern sollte.

Weihnachtskarten bekam ich nur von Büros, für die ich gearbeitet hatte.

Die Aufklappkarte von Pé, mit der »Verkündung der Hirten« von den Brüdern von Limburg auf der Vorderseite, die Innenseite vollgeschrieben mit seiner krakeligen Schrift, warf ich ungelesen weg, nachdem ich grinsend die schick bemalten Engelsflügel begutachtet hatte.

Weihnachten selbst war eigentlich gar nicht so schlimm wie erwartet. Man zündet einfach eine Kerze an und wirft irgendwelchen Kram, den man beim Lieferservice geholt hat, in den Ofen.

Es gab genug im Fernsehen, alles jedoch von einer Einfältigkeit, dass man davon dann doch eine Weihnachtsdepression bekam. Also nahm ich eine alte DVD aus dem Schrank und weidete mich am Anblick von Harrison Ford.

Als ich dann, nicht wirklich spät am Abend, mit Wusel die Straße entlangging, wurde in allen Wohnzimmern noch ausschweifend Weihnachten gefeiert.

Die Kreativität mit Lichtern hatte in vielen Vorgärten dieses Jahr ihren Höhepunkt erreicht. Weihnachtsmännern auf einem Schlitten mit Rentier begegnete ich am häufigsten, aber die erleuchtete Silhouette einer Weihnachtsglocke stand ebenfalls hoch im Kurs.

Ich fragte mich, warum ich mich nicht glücklicher fühlte, während ich als Mädchen mit den Schwefelhölzchen aus der kalten Nacht heraus all die Festfreude betrachtete. Es wunderte mich, dass es mir nicht gelang, einen befriedigenden Grad an Selbstmitleid zu erreichen, da es doch inzwischen Grund genug dafür gab. Selbst am Silvesterabend, als ich um Mitternacht mit einem bebenden Wusel auf dem Arm das gewaltige Feuerwerk über mich ergehen ließ, fühlte ich mich nicht wirklich anders als an anderen Tagen.

Was bei näherer Betrachtung auch heißen konnte, dass ich schon eine ganze Weile depressiv gewesen war, sodass ein einsames Weihnachten mehr oder weniger auch nichts mehr ausmachte.

Der Termin, an dem ich meine Miete zahlen musste, rückte mal wieder näher, und auf meinen Kontoauszügen sah ich, dass ich selten so wenig Geld auf dem Konto gehabt hatte. Die goldenen Zeiten, dass Pé die Miete übernahm und auch noch einen Teil der Einkäufe bezahlte, gehörten der Vergangenheit an. Die letzten Aufträge hatte ich vor einer Woche abgegeben, und in der Zwischenzeit war noch nichts Neues hereingekommen.

Ich griff zum Telefon und rief Coen an, woraufhin ich ein paar Minuten lang bestürzt dem Ton der abgemeldeten Nummer lauschte.

Okay, so viel zu meinem Netzwerk.

Wie konnte man schnell an Geld kommen?

Das Einzige, was mir einfiel, war, mich bei einer Zeitarbeitsfirma einzuschreiben. Ich konnte mit drei Fingern Maschine schreiben, doch mehr als zwei Sätze fehlerlos hintereinander schaffte ich nicht. Aber probieren konnte man es ja.

Ansonsten würde ich diese Wohnung kündigen und irgendwo ein Zimmer mieten müssen. Einen Laptop konnte man überall aufstellen, und es störte mich nicht, wenn ich irgendwo an einem Küchentisch schreiben musste. Wenn ich nur etwas zu schreiben hätte.

Ich ging in mein Arbeitszimmer. Solange ich diesen Luxus hatte, sollte ich es auch nutzen.

Den Ordner »literarischer Thriller« hatte ich seit Ewigkeiten nicht mehr geöffnet. Jetzt, da ich noch einmal las, was ich damals als Idee aufgeschrieben hatte, verstand ich nicht mehr, dass ich damit so zufrieden gewesen war.

Zurück nach Delfzijl, ein Thriller mit Simenon, als der Autor, der den Mord begeht. Es würde mich nicht wundern, wenn man so etwas gar nicht ohne Weiteres tun durfte. Lauwersoog war dann wohl doch eine bessere Wahl als Delfzijl. Und vielleicht lieber einen englischen Autor anstatt eines Franzosen. Oder, um ganz auf der sicheren Seite zu sein, einen Hurenbock von Kunstmaler.

Rote Rita konnte man lassen, ein sprechender Name für eine Figur, die am Anfang des Romans mit gespreizten Beinen und durchgeschnittener Kehle auf dem Nylonüberwurf mit rosa Rosen in ihrem Zimmer des Stundenhotels lag.

Niemand sah die Figur mit dem schwarzen Schlapphut,

die sich im Schatten der alten Häuser schnell aus dem Zimmer mit dem roten Licht vorm Fenster entfernte. Schlapphut oder vielleicht doch lieber einen Borsalino?

Humphrey Bogard trug ihn, unvergesslich, dieser Kopf unter diesem Hut.

Auf einmal überkam mich ein überwältigendes Gefühl der Unlust bei dem Gedanken an all die Arbeit, die vor mir lag; sollte ich die Idee tatsächlich ausarbeiten.

Weiß Gott, wie viele Wörter man getippt haben muss, bevor ein Verleger sich dazu entschied, einen Schutzumschlag herumzulegen.

Und dann das Thema … wenn mir allmählich etwas zum Halse heraushing, dann war es Mord.

Lustlos änderte ich den Titel in *Zurück nach Lauwersoog*.

Die Nummer von Coen war noch immer gesperrt.

Ich hatte wirklich gedacht, dass Minka mich einfach zu einer gemütlichen Tasse Tee einlud, weil wir uns seit Veras Beerdigung nicht mehr gesprochen hatten und weil sie vielleicht, genau wie ich, die Treffen in *De Maegd* vermisste.

Es sprach für mich, dass ich nach all dem, was passiert war, doch noch einen optimistischen Blick auf die Dinge hatte.

Aber was sie betraf, gehörten die Freundinnen und der wöchentliche Kneipenbesuch ganz offensichtlich einer vergangenen Zeit an, mit der sie abgeschlossen hatte.

Sie machte sich nicht einmal die Mühe, ihre große Neuigkeit einzuleiten.

»Wir ziehen um!«, sagte sie über eine Schale mit Honigwaffeln und einen Becher Lapsang-Souchoung-Tee hinweg.

Darauf war ich nicht vorbereitet. In diesen Zeiten gab es bereits Unsicherheiten genug, aber dass noch mehr Menschen, die mir wichtig waren, aus meinem Leben verschwinden könnten, auf die Idee war ich nicht gekommen.

»Ich weiß, das klingt nicht besonders nett, aber für uns ist es fantastisch!« Sie schien ein bisschen atemlos, jetzt, da sie mir ansah, dass ihre Nachricht mich wie ein Faustschlag getroffen hatte.

»Roel wird Direktor einer Reisebürokette. Es ist praktischer, wenn wir in Alkmaar, wo die Zentrale ist, wohnen. Jeden Abend zu Hause, unfassbar! Ich werde wieder ein paar Tage die Woche arbeiten, und die Kids haben endlich einen Vater, der jeden Tag da ist. Und, ach ja, das Beste ist: Wir wohnen so weit weg von Roels Mutter, dass sie mich nicht mehr jede Minute zu sich kommandieren kann.«

Mit Müh und Not brachte ich heraus, dass ich mich für sie freute, während ich an die Jungs dachte, die ich nun nicht mehr sehen würde.

Oder vielleicht später, wenn ich ihnen einmal mit Minka zusammen begegnete und sie, zu Tode geniert, mit den Schultern zucken würden, wenn ihre Mutter dann erklärte, dass ich die Frau war, auf deren Schoß sie früher gesessen hatten.

»Wir müssen uns jetzt unbedingt auf Häusersuche machen, alles geht rasend schnell, dieses Haus ist bereits an einen Makler übergeben. Hast du sehr viel zu tun im Moment, oder könntest du in der nächsten Zeit gelegentlich mal einen Tag auf die Kids aufpassen?«

Coen rief an, als ich gerade dabei war, Anzeigen von Mietwohnungen durchzusehen.

Eine nicht gerade erfreuliche Beschäftigung, da sie mich in die Zeit zurückversetzte, als es mir nichts ausmachte, auf dem Weg in mein Schlafzimmer mit Sitzecke – Küche zur gemeinsamen Nutzung, WC auf dem Flur – einer Hauswirtin zu begegnen.

Ich hatte Freunde, die bei anderen Mädchen mit anderen Hauswirtinnen die Kunst erlernt hatten, mit den Schritten ihrer Freundin synchron die Treppe hochzulaufen. Gekicher und orgastisches Gekeuche wurden in der Bettdecke erstickt.

Die Welt lag damals noch ausgebreitet vor mir, ein Klischee, das ich damals als Lebensweisheit betrachtete. Und jetzt fing ich wieder von vorn an, dazu noch mit einem Kingsize-Hund, der keine Ahnung von synchronen Schritten hatte und bellte, wenn er Geräusche hörte, mit denen er nicht einverstanden war.

Mein Herz überschlug sich, als ich die Stimme von Coen erkannte.

»Ich habe versucht, dich zu erreichen«, sagte ich.

»Ich bin umgezogen. Der Laden ist pleite. Zu wenig Umsatz. Eine Scheißzeit ist das. Ich arbeite jetzt allein, von zu Hause aus. Ich dachte, vielleicht hast du die ein oder andere Sache, die du nicht allein bewältigen kannst.«

»Ich bin selbst auf Jobsuche.«

»Mist!«

»Ja«, sagte ich. Und um dem Gespräch noch eine freundliche Wendung zu geben, fragte ich: »Wie geht's deiner Frau?«

»Wir haben uns getrennt.«

Es war kalt, aber das Wetter war eigentlich ganz schön, als ich mit den Jungs zum Spielplatz ging.

Ich hatte sie von der Schule abgeholt, geschmierte Brote und Limonade im Rucksack, sodass wir gleich aufbrechen konnten.

Minka und Roel sahen sich heute eine Reihe von Häusern an, Auswahl gab es genug, sie wurden, laut Minka, regelrecht auf Händen nach drinnen getragen.

Unser Atem trat als kleine Wolken aus dem Mund hervor, und für die Jungs war das ein Grund, sogleich einen Wettkampf um die größte Atemwolke zu starten.

Ich sah ihnen zu, wie sie auf der Wippe saßen. Ich weiß nicht, warum, aber Zwillinge auf einer Wippe geben ein bizarres Bild ab.

Ein Mann, der ein Stückchen entfernt bei einer Schaukel stand, erweckte meine Aufmerksamkeit. Er gab einem kleinen Mädchen mit roten Stiefeln und einer rotblauen Mütze vorsichtig Anschwung. Auf seiner Brust hing einer dieser Kängurubeutel mit einem Baby, einem Mädchen, dem rosa Mützchen nach zu urteilen.

Er war schon relativ alt, und gerade war ich ganz gerührt, da ich es recht amüsant fand, dass heutzutage schon Opas mit vor die Brust geschnallten Babys herumliefen, als er in meine Richtung sah.

Unsere Blicke trafen sich, und er erstarrte.

Die Schaukel schlingerte, das Mädchen fing lauthals an zu protestieren, doch er reagierte nicht.

Ich starrte zurück, zu meinem Vater, der das Mädchen, ohne sie dabei anzusehen, von der Schaukel hob und mit ihr an der Hand auf mich zulief, als könnte er seinen Augen nicht trauen. Im selben Moment kletterten die Jungs von der Wippe und rannten auf mich zu.

»Sie sind von einer Freundin, Pa!«, sagte ich, noch bevor er seinen Mund aufmachen konnte. Vielleicht erwartete er mehr Text von mir, aber ich wusste wirklich nicht, was ich sonst noch erzählen sollte. Daher standen wir schweigend da und sahen uns an, bis das kleine Mädchen an seinem Arm zog.

»Komm!«, sagte sie, und er drehte sich um und ging mit ihr mit.

Schultern haben etwas Besonderes, aber vielleicht ist das auch eine Marotte von mir, dass ich an ihnen oft mehr ablesen kann als an Gesichtern.

Die von Pa hatten es in sich.

Wenn man davon überzeugt ist, dass das Leben von einer mutlos machenden Unerheblichkeit ist – immer November, immer Regen –, dann trug diese Spielplatzszene dazu noch ihren Teil bei.

Das war in etwa, was seine Schultern ausstrahlten.

Ich konnte damit nicht umgehen, auch wenn ich es mir vielleicht gewünscht hätte.

Aber zwischen mich und eine liebevolle Versöhnung schoben sich Bilder von faden Sonntagnachmittagen zu Besuch bei Pa, obligatorischen Geburtstagsbesuchen bei meinen Halbschwestern und zähen Gesprächen mit einer Frau, die mich nicht interessierte. Konsequenzen, die sich aus einem Impuls des Erbarmens hätten ergeben können.

Also beließ ich es dabei.

Ich hatte fünf Zimmer besichtigt, und jedes Mal kam mir wieder der Gedanke, dass man sich doch lieber die Pulsschlagadern durchschneiden sollte, als einen langsamen Tod in solch einem Scheißloch mit Kochecke zu sterben, für das auch noch eine ganze Menge Geld verlangt wird.

Meine eigene Wohnung hatte ich noch nicht gekündigt, erst musste ich mir sicher sein, dass ich irgendwo landete, wo ich mich nicht allzu miserabel fühlen würde.

Ich war nun bereits den zweiten Monat im Mietrückstand, aber ich hatte als treue und pünktliche Bezahlerin noch keine Mahnung empfangen. Und doch begriff ich sehr wohl, dass die Gutmütigkeit meines Vermieters Grenzen hatte.

Um seine Geduld nicht zu sehr auf die Probe zu stellen, durchforstete ich Anzeigen für einfache Jobs, für die ich in Betracht kommen könnte.

Fester Babysitter für Kinder einer arbeitenden Mutter klang gut. Ein Unterton von Dringlichkeit und Verzweiflung war aus den Texten herauszuhören. Wer bietet auch schon in der Zeitung seine Kinder an, an all diejenigen, die Zeit und Lust haben, für sie zu sorgen.

Bei mir wären sie genau an der richtigen Adresse. Ich wusste, wo die Spielplätze sind, wie man ein kaputtes Knie verbindet und wie man streitende Kinder auseinanderbringt.

Außerdem konnte Minka mir ein Empfehlungsschreiben mitgeben.

Als ich die Nummer gewählt hatte, nahm Roel ab. Was für ein Zufall, meinte er, gerade wollte er mich anrufen.

Coen schnappte nach Luft, als ich ihm die Geschichte erzählte, von dem Freund, der Direktor einer Reisebürokette geworden war und so schnell wie möglich neue Broschüren brauchte.

Bei mir ging es um einen Vollzeitjob, doch es würde so viel Arbeit anfallen, dass ich einen Mitarbeiter brauchte.

»Du meinst …«

»Natürlich. Hast du Zeit?«

»Na ja, was denkst du denn!«

Am 15. Februar, nachmittags um halb fünf, rief Pé an.

Er erkundigte sich nicht, wie es mir ging, und fragte nicht, ob ich Lust hätte, mit ihm essen zu gehen.

»Ich hol dich um halb acht ab«, sagte er und legte auf.

Das war eine Art von Einladung, wie ich sie mochte. Kein langes Hin und Her mit »können« und »wollen«, sondern eine einfache Mitteilung.

In seinem alten Saab war es auffallend ordentlich. Ich hatte mich darauf vorbereitet, überall Spuren von Alice vorzufinden, so wie ich selbst mit meinem Kram seinem Auto einen Stempel aufgedrückt hatte, aber auf der Rückbank lagen lediglich sein alter Regenschirm und ein paar Tageszeitungen.

Er schwieg die gesamte Fahrt über, und als ich ihn kurz von der Seite anguckte, sah ich, dass er scheinbar nicht besonders guter Laune war.

Erst in dem italienischen Lokal auf dem Dennenweg, wo wir in unseren glücklichen Zeiten oft essen waren, machte er den Mund auf.

»Du hättest ja wenigstens kurz auf meine Einladung reagieren können.«

»Einladung?«

»Sag jetzt nicht, du hast meine Weihnachtskarte nicht bekommen, denn die habe ich persönlich durch deine Tür gesteckt.«

Ich sah die pastellfarbenen Engelsflügel vor mir und die Zeilen, die ich nicht hatte lesen wollen.

»Du hast meine Karte einfach weggeschmissen?«

In seiner Stimme klang Unglaube und eine Spur von verletztem Ego mit.

»Ich war nicht in der Stimmung für Briefe. Tut mir leid.«

»Ich hatte gefragt, ob du Lust hättest, Weihnachten zu mir zum Essen zu kommen.«

»Zu euch.«

»Zu mir.«

»Wonderland exit?«

»Inklusive der Hauptperson.«

»Da passte ich dann ja perfekt rein.«

»So war das nicht gemeint.«

»Wie denn dann?«

»Anders.«

Wir bestellten Vitello Tonnato und Ossobucco, und Pé suchte dazu den Wein aus.

Er war also weg von ihr, und als logische Folge davon saßen wir uns nun einander gegenüber am Tisch und aßen, was auch gut so war, denn auf diese Weise hatten wir wenigstens etwas zu tun, was für ein bisschen Ablenkung sorgte, sodass wir einander nicht angucken mussten.

Nicht selten hatte ich über einen Moment wie diesen

fantasiert. Pé, der es bereute. Pé, der zurückkam. Meine Güte, wie froh ich war, in diesen Fantasien. Mein Glück war kaum fassbar.

»Sag doch mal was«, sagte Pé.

Ich zuckte mit den Schultern.

»Du steigst ein, du fährst ein Stück mit, du steigst aus, du steigst wieder ein. Ich bin, verdammt noch mal, kein Omnibus.«

Er lachte. »Das habe ich wohl am meisten vermisst.«

»Ich schreib es für dich auf, dann kannst du es nachlesen.«

Er beugte sich zu mir herüber.

»Bei dir ist eine ganze Menge passiert, während ich weg war.«

»Zu viel.«

»Zu viel wofür?«

»Zu viel für alles.«

Er sah mich abwartend an.

»Ich weiß es nicht, Pé. Es ist schön, dich wiederzusehen. Aber erwarte nicht, dass ich etwas dabei empfinde. Ich bin ein bisschen abgestumpft, es berührt mich alles nicht mehr so recht.«

Einen Moment lang legte er seine Hand auf die meine.

»Wir haben es nicht eilig«, sagte er.

20

An Veers Geburtstag nehme ich mir frei. Es ist ein wunderschöner Tag, und ich erinnere mich, dass letztes Jahr genauso ein Wetter war. Blauer Himmel und Wind, der einem eine Vorahnung auf laue Sommerabende gab. Veer hatte bereits ein bisschen zu viel getrunken, als sie die Tür aufmachte. Mit ihren rosigen Wangen sah sie aus wie eine polnische Bäuerin, aus dem Wohnzimmer erklangen die Stimmen von Carolien, Minka und Noor.

Mädchen waren wir, aber liebenswerte Mädchen, wenn wir zusammen waren. Wenn man den ganzen Quatsch von uns pellte, die krankhafte Sorge um Trends und Traiteurs, dann blieb doch etwas sehr Nettes über.

Der Meinung waren wir selbst auch, was uns und die anderen betraf.

An einem Abend in *De Maegd* versprachen wir einander, dass wir für immer Freundinnen sein würden.

»Männer kommen und gehen, aber unsere Freundschaft besteht ewig.«

Wir sagten das jede mit einem Kloß im Hals, denn nach all den Gläsern Weißwein wurde die ein oder andere sentimental.

Wir lachten dabei ein bisschen, da es sonst zu ernsthaft klingen würde, was es in dem Moment aber eigentlich auch war.

Und doch ist es schiefgegangen.

Und es gibt keinen Leim, der das wieder kitten könnte.

Ich habe weiße Rosen gekauft und laufe zwischen den Gräbern hindurch, auf der Suche nach der Stelle, an der wir Veer an dem Nachmittag zurückgelassen hatten und wo ich danach nie mehr gewesen bin.

Als ich näher komme sehe ich, dass dort jemand, über das Grab gebückt, steht und Blumen niederlegt, eine Frau, grazil, in einer hochgeschlossenen schwarzen Jacke.

Sie richtet sich auf und dreht sich um.

Sie hat sich nicht verändert, was man von mir nicht behaupten kann.

Was passiert ist, hat auf meinem Gesicht Spuren hinterlassen, das ist einer der Gründe, wodurch ich jeden Tag daran erinnert werde.

Aber Pé gefällt es, sagt er. Er mag Gesichter, die das Leben gezeichnet hat, und das meint er wirklich so, denn manchmal, wenn ich aufwache, liegt er, auf seinen Ellbogen gestützt, da und sieht mich an.

Wir stehen einander gegenüber, und, wie nicht anders zu erwarten war, übernimmt sie die Gesprächsführung.

»Das ist ja schön, dass ich dich doch noch einmal sehe, Tess. Ich wollte dich anrufen, aber ich denke nicht, dass du dich darüber gefreut hättest.«

Ich schweige.

Sie streckt die Hand aus, als wollte sie sie auf meinen Arm legen, zieht sie aber in dem Moment, als ich einen Schritt nach hinten setze, zurück.

»Wir ziehen auf die Antillen. Charles ist schon da, ich habe hier den Umzug geregelt. Ende der Woche fliege ich ebenfalls. Holland exit!«

»Wie, in Gottes Namen, kannst du mit Veer auf dem Gewissen weiterleben?«, frage ich.

Sie schüttelt den Kopf, und ich erinnere mich, dass sie das öfter tat, wenn ich etwas sagte, was sie als dumm empfand. Als hätte sie es mit einem törichten Kind zu tun.

»Arme Tess. Du gibst aber auch nicht gerade schnell auf.«

»Niemals!«, sage ich.

Und ich drehe mich um, bevor sie es tut, sodass ich nicht mit ansehen muss, wie sie auf ihren Stilettos aus meinem Leben herausstolziert.

Epilog

Vom ersten Tag an, an dem ich ihn kannte, wusste ich, dass ich Fred nie für mich allein haben würde.

Warum er mich wollte, bei all den Frauen, die er hätte haben können, habe ich nie verstanden. Aber es interessierte mich auch nicht weiter. Ich war diejenige, die er heiratete und mit der er Kinder bekam.

Und zu mir kehrte er nach jedem seiner kleinen Abenteuer wieder zurück.

Es gab eine Zeit, in der ich meine Eifersucht kaum im Zaum halten konnte, und das war dumm, denn es gefiel ihm ganz und gar nicht, jemandem Rechenschaft ablegen zu müssen. Seine Antwort auf meine Beschuldigungen war, von dem Moment an, in dem er das Haus verließ, nicht mehr erreichbar zu sein.

Später begriff ich, dass er sich damit nicht nur selbst Ruhe verschaffte, sondern auch mir.

Ich gewöhnte mich daran, mein eigenes Leben zu führen, wenn er ein paar Tage weg war, ohne mich dann an der Frage festzubeißen, wo er war und mit wem.

Es war eine große Hilfe, dass ich Vera kennenlernte und durch sie die anderen Freundinnen. Das brachte Fröhlichkeit in mein Leben, das, nachdem die Jungs nicht mehr zu Hause wohnten, ein wenig langweilig geworden war.

Dass es ausgerechnet Vera sein musste …

Es dauerte eine Weile, bis ich es glauben konnte, aber die

Fakten sprachen für sich: Immer wenn Fred verreist war, fuhr Vera zu Patricia nach Brüssel.

So etwas kann ein paar Mal passieren, kann Zufall sein, aber ich habe es jedes Mal aufs Neue kontrolliert. Es passierte zu oft, als dass es Zufall sein konnte, und ich habe den richtigen Schluss daraus gezogen.

Wie viel sie für ihn bedeutete, merkte ich, als er krank wurde.

Er sollte sich ausruhen, eine Weile zu Hause bleiben, aber er fasste es als eine Strafe auf, bei mir zu sein. Entgegen dem Ratschlag des Arztes fuhr er weiter auf Geschäftsreise.

Ist mir da schon der Gedanke gekommen, sie umzubringen?

Falls es so wäre, bin ich mir dessen nicht bewusst.

Soweit ich weiß, kam mir erst die Idee, als Fred verschwunden war und Veer sich in das Wrack verwandelte, zu dem eigentlich ich hätte werden müssen.

Aber ich bin stark. Niemand hat mich eine Träne weinen sehen, auch nicht, als er begraben wurde.

Es war Vera, die sich nicht mehr unter Kontrolle hatte und in hysterisches Geheul ausbrach. Eine Frau, die ihren Liebhaber zu Grabe trug.

Meine Söhne standen neben mir, der Beweis seiner Liebe zu mir, und wir guckten zu Vera, die alle Aufmerksamkeit auf sich zog und von Tess weggeführt werden musste.

Die Jungs haben später kein Wort darüber verloren, ich denke, dass sie mehr über ihren Vater wussten, als ich gedacht hätte.

Ich glaube an Vergeltung. An Taten, die nicht ungestraft bleiben dürfen. An Gerechtigkeit.

An Freds Grab habe ich mir geschworen, dass ich Rache nehmen werde, auch wenn es melodramatisch klingen mag … so sollte es einfach sein.

Es ergab sich die Gelegenheit, als Vera die Willkommen-zu-Hause-Party für mich gab. Wie scheinheilig sie sein konnte!

Mit dieser angeblich freundschaftlichen Geste hat sie mir die letzten Zweifel genommen.

Ohne darüber nachdenken zu müssen, wusste ich, dass der Moment gekommen war.

Ich ging früh, es war dunkel, und in einer Seitenstraße, von der aus ich Veras Garten sehen konnte, habe ich im Auto gewartet, bis Noor und Tess als Letzte gegangen sind.

Veer war erstaunt, mich zu sehen, aber sie verstand, dass ich zurückgekommen war, um meinen Ring mitzunehmen, den ich in der Küche auf der Fensterbank hatte liegen lassen, als ich mir die Hände wusch.

Ein Geschenk von Fred, zu kostbar, um zu riskieren, dass damit etwas geschehen würde.

Sie ging mir voraus in die Küche. Der gusseiserne Stieltopf stand noch immer auf dem Herd, womit ich auch gerechnet hatte, denn sie war kein Freund vom Aufräumen.

Das Einzige, was mir leid tut, ist, dass sie nichts davon gemerkt hat.

Menschen, die gestraft werden, sollten wissen, von wem und warum, und ich hätte es ihr gern erzählt.

Aber das Risiko war zu groß, dass sie sich erfolgreich verteidigen würde, ich bin nicht mehr besonders kräftig in der letzten Zeit.

Seit dem Abend habe ich meine Ruhe wiedergefunden.

Es ist richtig so.

Maarten 't Hart

In unnütz toller Wut

Roman. Aus dem Niederländischen von Gregor Seferens. 352 Seiten. Piper Taschenbuch

Die junge Lotte Weeda ist Photographin und will in einer kleinen katholischen Ortschaft die zweihundert markantesten Persönlichkeiten porträtieren. Kaum einer kann der Bitte einer so verblüffend schönen Frau widerstehen. Doch nicht nur Abel, der Graf, soll bald bereuen, ihr eine Zusage gegeben zu haben …
Elegant, leichthändig und unerhört spannend erzählt Maarten 't Hart diese augenzwinkernde Geschichte und zeichnet ein skurriles Porträt der Bewohner, die offensichtlich nicht nur der Liebe, sondern zunehmend dem Wahn verfallen sind.

»Mysterienspiel aus der niederländischen Provinz, ein literarischer Krimi und als solcher einer der besten des Jahres. Doch das Buch ist viel mehr.«
Focus

05/2044/02/L

Jodi Picoult

In einer regnerischen Nacht

Roman. Aus dem Amerikanischen von Christoph Göhler. 512 Seiten. Piper Taschenbuch

Cameron und Allie MacDonald führen eine glückliche Ehe. Doch als Camerons Cousin seine todkranke Frau umbringt, aus Liebe und auf Verlangen, vertritt Cameron als örtlicher Polizeichef das Gesetz und verhaftet Jamie. Seine Frau Allie jedoch billigt Jamies Tat, und so geht schließlich ihre Ehe zu Bruch. Erst im Gerichtssaal sehen sie sich wieder. Kann es für das Paar noch einen Neuanfang geben?

»Jodi Picoult versteht es ihn ihren Romanen immer wieder, scheinbar ausweglose Situationen zu schaffen, bei denen der Leser mit beiden Seiten mitfiebert.«
Uelzener Anzeiger

05/2335/01/R